喜马拉雅北麓非虚构作品

生灵密码
密码
SHENGLING MIMA

古岳 著

青海人民出版社

生灵密码

SHENGLING MIMA

古岳 著

青海人民出版社

图书在版编目（ＣＩＰ）数据

生灵密码 / 古岳著． -- 西宁：青海人民出版社，2017.9（2021.1 重印）
ISBN 978-7-225-05413-1

Ⅰ．①生… Ⅱ．①古… Ⅲ．①故事—作品集—中国—当代 Ⅳ．① I247.81

中国版本图书馆 CIP 数据核字 (2017) 第 240370 号

生灵密码

古岳 著

出 版 人	樊原成
出版发行	青海人民出版社有限责任公司
	西宁市五四西路 71 号 邮政编码：810023 电话：（0971）6143426（总编室）
发行热线	（0971）6143516 / 6137730
网 址	http://www.qhrmcbs.com
印 刷	永清县晔盛亚胶印有限公司
经 销	新华书店
开 本	880 mm × 1230 mm 1/32
印 张	8.75
字 数	100 千
版 次	2017 年 10 月第 1 版 2021 年 1 月第 3 次印刷
书 号	ISBN 978-7-225-05413-1
定 价	32.00 元

版权所有 侵权必究

序

"每次看到关在笼子里的雪豹,我都会暂时忘记那些铁栏,想起我们曾在大雪纷飞的荒凉山坡上见面。希望其他人也能获得这种个人记忆中的美景,直到永远。"

这是世界著名野生动物学家乔治·夏勒在《与兽同在——一位博物学家的野外考察手记》一书中的一段话。我曾有幸与夏勒博士有过一两次会面,并作过一次算得上深入的交谈——在本书中,我特意收录了对他进行访谈的文字。以我的体会,他是想告诉我们,对很多人来说,除了关在铁笼子里的那些稀有野生动物外,很多野生动物其实我们已经难得一见,能在旷野见到它们的机会更是非常有限。而对一个人来说,那样的记忆却是何等珍贵!他希望人们的记忆中永远能有这样的美景。

因为生于乡野山村和我所从事新闻职业的缘故——在这个意义上，我可以说是个幸运的人。我从小生活长大的地方，一直到今天还能看到很多野生动物，尤其是鸟类。而职业又为我提供了一个可以到处行走的便利条件，因为喜欢山野，所以，我大半生的时间都是在山野间行走，便也有机会见到过不少野生动物，至少青藏高原的很多野生动物是见过的，譬如野牦牛、藏羚羊、棕熊、雪豹、藏野驴、岩羊、盘羊、白唇鹿、马鹿、藏原羚、黑颈鹤、天鹅、蓝马鸡、戴胜、秃鹫、草原雕、狐狸、狼等，都给我留下了深刻的记忆。而且，我还喜欢留意搜集有关这些动物的传说和故事，加上自己的亲身经历和体验，就成了人生中的一大收获和乐事。

前些日子，想起曾经的那些往事，按捺不住，随手写下了一些文字，觉得里面所讲述的那些事情是耐人寻味的，于是心中充满喜悦。对很多人来说，它可能也具有这样的意义，便有了一种想与更多的人分享这份快乐的冲动。是的，我写的是一群动物的故事，我可以说它们都是我的朋友，你也可以这样看待它们。从很多动物身上我们看到，它们与人类曾经是何等亲密，它们身上烙有人类文化的神秘印记。人类也一直在津津有味地讲述它们的故事，像是在回忆自己的童年往事。有很多故事，之前我已经写到过，便不再重复——那些文字曾收入其他书中已经出版，这本书中也不再收录。当然，还有很多动物的故事，我在这本书里也不曾写到，日后也许还会继续这样的书写，那是后话了。

不过，请记住，我并不是一个野生生物学家，也非自然博物学家，而只是一个自然书写者，我写这些文字的目的只是想留住一种记忆。在很多方面，我的观察和判断未必是正确的，至少我并不十分确定——很有可能还是非常荒谬的，只是自己的一种猜想。可是谁又能确定呢？我们与它们无法像人与人那样交谈——虽然我们确实是朋友，至少应该是朋友——甚至也无法近距离接触，比如握个手、道个别什么的。它们做出一些匪夷所思的奇怪举动时，究竟在想些什么，其真实的目的又是什么，我不得而知。比如你写一头狮子或一头鹿，即使再精彩的书写，那也是人的感觉，是一个人留下的某种痕迹，而在狮子和鹿的眼里未必是这样，也许什么都不是，它们说不定会觉得那是一种羞辱。

这也许是自然书写的一大局限。说白了，我们试图以书写者的视角和心思讲述一个自己并不太清楚的世界，自以为是。但这并不意味着这样的努力是一种徒劳，恰恰相反，它会使我们以自己的方式去理解并亲近大自然，并探索构建一种相互感知和信赖途径的可能。假如我们的本意是友善的，进而用这样的书写传递一种天地伦理的悲悯情怀，唤醒对自然万物的慈悲之心，相信万物会感受到我们的慈悲，并以它们的方式将万物更大的慈悲回赠给我们。我们与大自然原本并没有这么大的隔阂，而是血脉相连，心心相印。只是到后来，我们才渐行渐远，好像远得已经无法回去。这就像原本我们手中有一把钥匙，可以打开一扇门，可是我们把它遗失了。于是，我们就像一个回不了家的孩子，在到处找寻这把钥匙。我们需要找回这把钥匙。而从根本上讲，自然书写的意义在于大自然本身所启示的奥义，一个写作者所能做的就是静静地讲述记忆中的那些往事，尽可能地留住那些记忆，也许还有自己意外的发现。不过，在书写之前，他最好先把自己放回到大自然的怀抱里，只有这样，他才能看到自己的渺小，找回自己的谦卑。尔后，试着书写自然万物的荣光和自己作为生命的骄傲，与更多的人去分享大自然的奥义和生命的荣耀。他本身并不通晓秘密，他只是一个秘密的传递者。秘密一直被大自然本身所珍藏。

从这个意义上说，所谓自然书写或许真的是一种描摹自己也并不熟悉的事物时所留下的痕迹。就像加里·斯奈德所说的那样："叙事是我们留在世上的一种痕迹。我们所有的文学都是痕迹，就像我们的同类——荒野人留下的神话，他们留下的只是神话和一点石器。其他种类的生物有他们自己的文学。在鹿的世界里，叙事是一种气味痕迹，从鹿通向鹿，一种天然的诠释艺术。"加里·斯奈德以自然书写著称于世,他所倡导的处所生存观、重新栖居观对自然书写或世界生态文学创作影响深远。

维克多·雨果说:"在人与动物、花朵等自然创造的事物之间的关系中,存在一种伟大的准则,至今罕有人知,但终会人所共知。"(转引自夏勒所著《与兽同在》)想必,生灵万物都在遵循这样一个伟大准则,它应该是自然万物恒定的伦理秩序,所有的自然书写都应具有深切的伦理情怀。自然万物看似各自独立,实则机缘巧合,进而成为一个生命共同体,一个循环系统,一个生生不息的链条。它们环环相扣,既互为支撑,也相互约束,并为之自觉扮演着非常重要的角色,以求得万物的和谐与平衡。蝼蚁爬虫、飞禽走兽以及所有的动植物(包括人类)概莫能外。

"一种循环就这样形成了。这种循环能使苏门羚免遭病毒和细菌的侵害。不仅麝,不仅动物,山野之上的许多植物对空气、土壤、水体都有净化的意义,甚至对整个大自然都会产生极其微妙的调节和平衡作用。当然,还有各种各样的矿物也在其中扮演着重要的角色。那应该是一个由分子、原子和粒子组成的微循环系统,调伏生命万物的神经,并疏通其筋脉,使其运行自在圆满。何为自在?自在就是你在,你在就是他在,就是一切都在。一切的自在,就是圆满。生命万物需要这种亲密无间的协调与配合,它是我们这个星球和宇宙得以存在和维系的内在逻辑,并使之成为一个整体,缺一不可。有舍才会得,施爱者一定会被爱,这便是慈悲。这是何等殊胜的造化?虽然,看不见,但它无处不在。我们唯一要做的就是让它一如既往地延续下去,因为,这也是我们自身得以延续下去的根基。"

这是我在《麝与四不像(苏门羚)》一文中写下的一段话,这段话的前面我写到了一条路,一条麝走过的路,路上弥漫着麝香,对万物有益——依加里·斯奈德的说法,那是麝的文学叙事,一种天然的诠释艺术,一种痕迹,一种弥散香气的痕迹。希望你也能闻到那奇异的香味。

古岩画上的牦牛　古岳/摄

目录

藏羚羊迁徙之谜 / 1

天地之间一对鹤 / 10

狼·兔子·狐狸 / 25

猫与猫头鹰 / 33

布谷鸟·喜鹊·百灵鸟 / 38

子鼠丑牛·猫 / 48

鼠·鼠兔·鹰 / 60

恐龙·人类·鼠类 / 70

麝与四不像（苏门羚）/ 81

猎人与鹿 / 87

棕熊与房子 / 103

蓝马鸡，白马鸡 / 110

记忆中的雉鸡 / 122

目录

乌鸦的秋天 / 132

且放白鹿青崖间 / 142

驴·马·骡 / 154

蛇之灵 / 166

远方的野兔 / 176

草原在铁丝网一侧 / 185

地球日的蛙鸣 / 202

布谷声远野狐峡 / 215

屋后树上有鹊巢 / 230

为生灵万物探寻伟大准则的慈悲行者 / 248

藏羚羊迁徙之谜

有关藏羚羊，我曾写过不少文字，对藏羚羊所遭受的苦难有过详细的记述。如果那是灾难和死亡，你在这里所看到的就是它生的样子，也或者是它生生不息的一个秘密。

这是藏羚羊的生存密码，一个有关生命的秘密。对这个秘密，迄今为止，我们依然所知甚少。藏羚羊是青藏高原特有的精灵，其栖息地覆盖了包括可可西里、羌塘、阿尔金山在内的广袤大地，其总面积可能比一个青海省的面积还要大。除了一个季节，每年的大部分时间，它们一群群都分散栖息在如此辽阔的高原大地上，生存区域东西相跨1600公里。据我的观察分析，它们就像是一个个土著游牧部落，每一个部落都有自己专属的牧场和相对固定的

藏羚羊　曹生渊/摄

家园,无论怎么迁徙,最终它们还会回到曾经的草原,继续亿万年苦苦坚守下来的那一种生活。

可是,有一个季节不是这样。这是一个迁徙的季节。

到了这个季节,它们像是听到了一种召唤,会从高原的四面八方向一个地方迁徙和集结,而后又从那里原路返回。这是地球上最为恢宏的三种有蹄类动物的大迁徙之一,场面壮观,气势宏伟——另两大有蹄类动物是非洲角马和北极驯鹿。藏羚羊大迁徙的集结地就是卓乃湖、可可西里湖和太阳湖一带。这是一次迎接新生命的迁徙之旅,它们之所以历经艰辛赶往这里,就是要在这里产下自己的孩子,所以,有人把这个地方称为藏羚羊的天然大"产房",当然,你也可以说这是藏羚羊的摇篮。

它们在每年的 11 月至 12 月完成交配。每年 4 月底,公母藏羚羊开始分群而居,尔后,当高原的夏天来临时,大迁徙开始了,包括雌羔在内的所有母羊都会向着那个地方集体迁徙。大约一个月之后抵达目的地。而后稍事休息,一调整好身体状态,便会在那里产下新的生命,数万藏羚羊一起产羔。尔后精心哺育，过不了几天，小羊羔就能随母亲回迁。回迁之旅就要开始，这也就意味着一次漫长的生命跋涉即将开始。这种生命之旅，每年重复一次，一代代藏羚羊都不会忘记迁徙的季节和路线。如此循环往复，从未改变。即使上世纪末，藏羚羊由此引来灭绝性的灾难时，一到那个季节，它们依然会踏上那条迁徙之路。

藏羚羊为何不在原栖息地产羔，而非要冒着生命危险经过长途跋涉，集结到那个固定的地方去共同迎接新生命的降临呢？如果那是命中注定的选择，那么，又是谁确定了这样一个方向，划定了这样一片土地范围，专门用来迎接新的生命？如果那是它们自己的选择，那么，它们又是靠什么来取得联系，以致在某个特定的日子，数十万乃至上百万之众的生灵从不同的方向同时启程，向一个共同的地点集结？那个地方有什么特别之处吗？是什么吸引着它们、召唤着它们？百思不得其解。

一次次走向那片荒原，去寻访藏羚羊时，我与很多人讨论过这个话题，也曾设想过无数的可能，但一直没有找到一个理想的答案。依照常理,一个临产的母亲不适于远距离跋涉,应该就近找个适宜的地方准备分娩才对,可藏羚羊不是。临产前,它们都会踏上这样一条迁徙之路,千古不变。

唯一合乎情理的解释是,这迁徙也许与种群的繁衍有关。如果分散在如此广袤的大地上产羔,小生命很容易受到其他猛兽的攻击而难以成活。如果成千上万的藏羚羊在一个地方产羔,即使有天敌攻击,也不至于造成灭顶之灾,其中的大部分小生命依然可以躲过一劫。从临产地多年的观察结果看,那个季节,并未发现其他动物也向那个方向集结的迹象。虽然,也总会看到狼、棕熊、狐狸甚至雪豹等猛兽的踪迹,也会看到鹰鹫类猛禽,但那当属于正常现象,而非有意集结。如此则真可以大大降低新生命出生时面临的诸多死亡风险,从而保障种群安全。

可是,这里面涉及一系列问题。譬如,一年一度,如此大规模的迁徙怎么能瞒得过其他生灵?那并不是一个隐蔽的行动,而是声势浩大,像是有意要惊动一切的样子。

其他生灵又怎么会毫无觉察呢？如果这是某一年的一个临时的决定，每一年的集结地都不一样，还好理解，而如果每一年都是如此，其天敌类猛兽也不难发现这个秘密，那岂不是会招致更大的危险，蒙受更大的灾难吗？

也许，其中的秘密隐藏在它迁徙的路径里面，迁徙之前，它们散落在高原荒野之上，开始迁徙时——甚至在整个迁徙途中，它们都像是三三两两随处走动的样子，步履中没有显出丝毫匆忙的样子，一天天，只是缓慢地移动，日出日落，它们每天的生活与往常并没有太大的变化。还因为其迁徙距离的不同，开始迁徙的日子也各不相同，它们只在意抵达的日期，所以，看上去，藏羚羊种群的迁徙之旅乱象丛生，扑朔迷离。而且，整个种群移动的方向也是不一样的，那是由它们栖息地的所在方向决定的。如果它们栖息于羌塘以西，那么，它们就会往东；如果它们在南部草原，则会往北；如果原本在阿尔金山腹地，则需要南下……启程于不同的方向，又向着不同的方向缓缓移动，再将这种大迁徙置于无比辽阔且山河纵横的高原大地上，谁都无法窥探并知晓其迁徙的秘密。

如果你仔细留意,这个季节,它们只会朝一个方向移动,那方向在它们的心里,每一只藏羚羊都心领神会。在这个季节,假如你从高空长时间注视青藏高原的这一片土地,你就会看到一个奇观,所有的藏羚羊实际上都是朝着一个方向在移动,最终都会汇集到那个神秘的地方,好像每一个步子都经过了精确地推算。于是,无论它们从何时何地开始迁徙,但抵达的日期都惊人的一致。抵达之后,新生命降临,生命欢乐的盛宴开始,一代又一代生灵的繁衍继续。

我留意过马塞马拉和塞伦盖提大草原上非洲角马的大迁徙,整个迁徙途中,几乎都伴随着非洲狮子和鳄鱼的影子。而藏羚羊却似乎骗过了所有天敌的眼睛,但是,很显然,它们忽视了人类的眼睛。上世纪末期,藏羚羊之所以招致大批量盗猎屠杀,某种程度上就是这次大迁徙导致的灾祸,盗猎者循着藏羚羊迁徙的路线一路跟踪而来,整个藏羚羊种群几近灭绝。在未来,如果我们书写这一段历史,也许会把藏羚羊所遭受的这次大劫难列为世纪性的生态灾难。

当然，随后中国政府在这片土地上组织开展了一系列世界性的反盗猎行动，规模空前，成效显著。而今，枪声终于已经消散，盗猎者也已远去。要不，现在的世界上恐怕已经没有藏羚羊了。幸好它们还在，而且，种群也在渐渐恢复。一年一度的藏羚羊大迁徙还在继续，迁徙的路径也并未因此而发生丝毫的改变。

不知道，当初是谁为藏羚羊精心设计了这样一条网状的迁徙路线图，但它也许真的存在——当然，也许，这只是我的一个猜想。除非你我也能变成一只藏羚羊，跟随它们一起迁徙和漂泊，否则，我们永远无法看到真相。即使我们试图去破解其秘密，那也是一种猜想，而非真相。从某种意义上说，万物皆有这等秘密，我们尽可以猜想，却未必能破解。也许万物本身也并不希望破解这些秘密，因为它从未说过，一直在等待我们的破解。

1. 藏羚羊　卜建平/摄
2. 藏原羚　古岳/摄

天地之间一对鹤

天地之间,一对鹤在悠然踱步。

有那么些时候,总在不经意间,一对鹤会突然出现在我的眼前。不是一只,也不是三只,而是一对。我从未见过一只鹤孤零零地在一个地方,也从未见过一大群鹤在一起的情景。

一大群鹤在一起的样子,我只在摄影和绘画作品中见过,譬如宋徽宗赵佶的《瑞鹤图》。赵佶的画上有20只丹顶鹤在晴空里上下飞舞,众鹤呼应生动,堪称神品。画作下方尚有徽宗瘦金体题文:"政和壬辰,上元之次夕,忽有祥云拂欝,低映端门,众皆仰而视之,倐有群鹤,飞鸣于空中,仍有二鹤对止于鸱尾之端,颇甚闲适,余皆翱翔,

冬格措纳湖边的黑颈鹤　古岳／摄

如应奏节，往来都民无不稽首瞻望，叹异久之。经时不散，迤逦归飞西北隅散，感兹祥瑞，故作诗以纪其实：'清晓觚棱拂彩霓，仙禽告瑞忽来仪。飘飘元是三山侣，两两还呈千岁姿。似拟碧鸾栖宝阁，岂同赤雁集天池。徘徊嘹唳当丹阙，故使憧憧庶俗知。'"在中国，无论在帝王眼里，还是在民间，鹤皆为祥瑞仙禽，自古如是，可谓千古一鹤。上下五千年文明史上，如果让国人选出一只吉祥的鸟儿，我想，绝大多数人可能会首选凤凰，其次，一定是鹤。可凤凰只是一只传说中的鸟儿，它也许真的存在过，但谁都不曾亲见，鹤却不同，它不仅真实地存在，而且为世人所喜闻乐见。

不仅在中国，在全世界，鹤也算得上一种珍稀鸟类。鹤，为鸟纲，鹤形目，鹤科，仅有1属。虽然，它在世界各地均有分布，但是，目前仅存15种。其中，中国有8种，如白鹤、衰羽鹤、丹顶鹤、黑颈鹤等。而且，几乎所有的鹤种，其种群数量都非常有限，尤以灰鹤、黑颈鹤、丹顶鹤为最。历史上可能还出现过别的鹤种，而今却已无从寻觅，譬如黄鹤。黄鹤是否真的存在过，世人大多持怀疑态度，以为崔颢误将白鹤当黄鹤，对此，我并不以为然。况乎，崔颢写《登黄鹤楼》那已经是一千多年以前的事了，而且从他的诗句中，我们也不难看出崔颢也未必见到过真正的黄鹤，因为他分明写的是昔日的黄鹤。"昔人已乘黄鹤去，此地空余黄鹤楼。黄鹤一去不复返，白云千载空悠悠。"今日无黄鹤，未必昔日亦无黄鹤。

迄今发现的化石鹤类已经有17种，它们分别出现在始新世、渐新世、上新世和更新世。其中，游荡鹤属5种，鹳鹤属2种，鹤属10种，前两属鹤类均早已灭绝。科学研究得出的初步结论是，鹤科鸟类大约发生在七千万年前，至第四纪冰川期，受喜马拉雅造山运动等影响，部分鹤类开始灭绝。而且，灭绝从未停止过，曾经在地球上繁衍生息过的绝大多数生物都已经灭绝了。近150年间，有近百种鸟类又刚刚灭绝。当然，还有少量的生物继续存活了下来，包括人类和鹤类。

其中有黑颈鹤，它因为适应了青藏高原的隆起而开始繁衍，并成为最年轻的鹤属种类。我于天地间不期而遇的那一对鹤，正是黑颈鹤。不是一次两次，而是很多次，也不是个别地方，而是很多地方——但都在青藏高原，大多在青海境内。我所记得的是，每次远远看到它们的时候，我都在路上。因为视野中出现了它们的身影，每一次，我都会停住脚步，而后慢慢靠近它们。当然，我不会走得太近，那样它们会受到侵扰和惊吓，并离你远去。当走到一个能看清它们的地方，我一定停下来，不会再往前靠近。即使这样，很多时候，它们也会觉得你已经越过了一条界线，于是，款款迈步，缓缓移动，渐行渐远。每次看见它们，都是在一片草原上，都有一片湖水，它们在湖岸上走走停停。偶尔，一只鹤会发出一声长唳，像呼唤，像低语，像沉吟，另一只听见了，也伸长脖子鸣叫一声，像呼应，像回答。因为，我所见到的黑颈鹤都是一对一对的，心想，它们应该是长相厮守的情侣，是恋人。

我第一次看见一对黑颈鹤是在黄河源头。那是一片辽阔的草原，几千个湖泊点缀其上，站在高处俯瞰，宛若繁星点点,故得名"星宿海"。我看到的那一对黑颈鹤住在其中一颗"星星"的岸边。那天,我向那片湖水走去时,打老远就看见了那一对鹤,它们忽而一前一后、忽而一左一右地在岸边草地上漫步。我向它们走去时,它们也开始慢慢迈动脚步,沿着湖岸走动。因为湖面不是很大,不一会儿,它们已经在湖对岸了。

我最后一次看见一对黑颈鹤的地方离此地也不远,也在黄河源区,也有一片湖泊,但它不属于星宿海,而是一片独立的湖泊,那是我所见过的最美的湖泊。站在那湖边,我曾对玛多县旅游局的朋友说,希望能在这湖边立一块牌子,上面写上这样一句话:"请你务必不要离湖水太近,更不要试图用你身体的任何部位去接触水体。我们并不是说你不干净——你非常干净,但是,对这片湖水而言,我们所有的人都还算不上干净。"你能想象这是一片怎样的湖水吗?每到秋天,湖滨草地上一派缤纷绚烂,金黄色、紫红色的水草像一个巨大的花环环绕着湖水,与皑皑雪山、碧蓝湖水交相辉映,将一幅绝世的湖光山色挥洒在荒野之上。

此湖名曰冬格措纳，意思是有一千座山峰簇拥着的湖泊。其西北是开阔的托素河源区河谷，河谷一侧有一金字塔状小山，山下立有石碑，上刻"吐蕃古墓葬遗址"字样，下方还有几行小字，说也有学者称这里是古白兰国遗址。湖东南有山谷，两面山峰怪石嶙峋，疑是火山岩，千奇百怪，形态各异，如十万罗汉坐卧山野。进得山谷不远，豁然开朗，突兀一奇峰，曰珠姆煨桑台。珠姆是雄狮大王格萨尔的王妃，想来，格萨尔征战四方降妖伏魔时，也曾在此久久盘踞。据说，六世达赖喇嘛仓央嘉措最后一次远行时，也曾路经此地。当地藏人确信，他是特意绕道经过这个地方的。想必，他早就知道这是个神奇美丽的地方，因而一路往东向青海湖方向跋涉时，刻意走进那条山谷，来看看这片湖光山色。也许正是受到这片蓝色湖水的启示，才促使他从一片蔚蓝走向另一片蔚蓝。虽然，在他流传于后世的那些情歌中，我并未找到有一首情歌是属于这个地方的，但是，我也确信，他一定为冬格措纳写过一首情歌，在心里。

　　那天，我们走到那湖边时，清澈的阳光令人目眩。好像那阳光不是从一个地方洒落下来的，而是从很多地方洒落的，它们相互交织，变幻着光芒的色彩。也许是因为海拔的缘故，在海拔超过4000米的地方，我常有这样的感觉。即使太阳在你的这一侧，那阳光好像也能从另一侧照彻过来。正恍惚间，我看见了那一对鹤，像两个仙女——其实是一位公主和一位王子，它们正在那湖边悠然踱步。在这样一个地方见到一对鹤，在我看来，有着非同寻常的意义。也许，当年仓央嘉措走到这里时，也曾与一对鹤不期而遇，说不定，他就是为一对鹤而来。如是，我所遇见的这一对鹤是否就是他所遇见的那一对鹤呢？如是，这鹤应该还记得他的那首情歌。

不仅如此，这一路上，仓央嘉措可能与一对又一对黑颈鹤不期而遇，在羌塘，在唐古拉，在巴颜喀拉，在冬格措纳和青海湖。他曾在情歌中写到过白鹤，我以为，他诗中的白鹤即是黑颈鹤，黑颈鹤除颈部有环状黑色羽毛，全身几近洁白。那时，黑颈鹤还没有被命名，世人只知有白鹤，而不知有黑颈鹤。他在诗中写道："洁白的仙鹤啊，请将

1. 鹤之舞　卜建平/摄
2. 黑颈鹤　卜建平/摄

你的翅膀借我；我不会飞到很远的地方，只到理塘转转就回来。"——这是记忆中的仓央嘉措情歌，谁的译文？我已记不清了。不过，这一次他不是去理塘，而是未知的远方。

"远方，还在那里吗？那个心已经去过，脚步还不曾抵达的地方。"——这是我一首情歌的开头。远方，其实是一个并不确定的地方，但是，我们依然会想念，甚至会因为想念在暗夜里落下泪来。对鹤、对我、对仓央嘉措来说都是这样。所以，人们总是梦想着有一天能放下一切独自去远行。

藏人传说，格萨尔有一个忠诚的牧马人，一生都在为格萨尔放马。他去世后，他曾经放马的地方出现了一只黑颈鹤，鸣叫着，久久不愿离去。藏人便说它是"格萨尔可达日孜"——意思就是格萨尔的牧马人。我第一次看见黑颈鹤的地方正是格萨尔赛马的终点，历经各种磨难大获全胜的格萨尔在那个地方登基称王。立于那方经幡飘展、嘛呢石簇拥的高台闭目遐想，似有马蹄声自天边响起，仿佛又有万马奔腾的场景浮现眼前。天地之间，那一对鹤寻寻觅觅，像是在寻找曾经的牧场，又像是在追寻失落的马群。也许那一对黑颈鹤还在继续牧放，牧放一群隐于无形的骏马，只等格萨尔重返人间。那时，它们便会立刻显形于山野天地间，长啸嘶鸣，开始新的征程，纵横天下。

某种意义上说，像黑颈鹤一样，仓央嘉措也是一个牧人，不仅因为血缘、祖先和草原牧场，还因为他牧放的心灵和深情吟唱的情歌。无论遭受过多大的人生磨难，其心灵一直在辽阔的精神疆域中自由驰骋，绽放自在。我总感觉，在踏上最后的这段旅程时，他就像一只孤独远行的鹤。可是鹤不会独自远行，一只鹤总有另一只鹤相伴。也许，对他而言，所有的陪伴都已结束，或者说都已留在了身后，最后的这段旅程注定了他要独自面对。所以，他径自往前，却无法回头，因为他知道，所有的羁绊都已解脱，所有的缘分都已放回原处，所有的轮回都已开成花朵，长成慈悲，剩下的只是一次远行。

当我回想遇见过黑颈鹤的那些地方，再把一对又一对黑颈鹤与一个地方、一些人、一些往事联系在一起时，它便具有了某种令人怀念的意蕴，会在心头久久萦绕，于是沉浸其间，流连不已。即便是想象，岁月深处，一个地方能有如此众多的人和事与一只鸟儿联系在一起，这不能不说是一种辽阔久远的记忆，它远远超越了一个人所能拥有的人生经历和生命体验。而且，这还不是一只普通的鸟儿，它是黑颈鹤，是仙鹤。更何况，这还不是想象，而是经历，是记忆。一只鹤就这样纵贯我的人生，时时地让我萌生出一种自由飞翔的冲动来，或许这也是一次远行吧。

有道是：海为龙世界，天为鹤家乡。而我看到的鹤都在地上，大多与我栖息在同一片土地上，因而似乎感觉自己的身上也多了些高洁的品性。这自然是妄言。你不是鸟儿，更不是鹤，你就是你。不过，这并不妨碍你能遇见一对鹤，更不妨碍你去喜欢所遇到的那些鹤，让它永远留在你的记忆里。

在青藏高原所有的珍稀鸟类中，黑颈鹤给我留下的印象最为深刻。在所有的鹤类中，我只对黑颈鹤做过近距离的观察，而且是在野外。黑颈鹤是唯一生长繁殖于高原的鹤类，栖息在海拔2500~5000米的高原。北起阿尔金山—祁连山，南至喜马拉雅山麓—横断山，西起喀喇昆仑，东至青藏高原东北边缘，都是它的栖息领地。有如此辽阔的家园，正好可以满足它们喜欢分散居住的喜好。黑颈鹤通常不喜欢聚在一起过拥挤的生活，它们喜欢小家庭的生活，并以小家庭为单位分散居住，而且，一个小家庭与另一个小家庭之间会保持一定的距离，以避免相互侵扰。而一个小家庭就是一个繁殖对，一个繁殖对至少都拥有1平方公里以上的领地。人烟稀少的青藏高原正好给它们提供了足够宽松的生存空间，所以，一年的大部分时间它们都生活在这里，不愿离开。直到11月中下旬严寒来临，小鹤的羽翼也已经丰满，可以展翅飞翔了，它们才暂时离开家乡，飞到云贵高原和雅鲁藏布江过冬，像是去度假。它们是鸟类中真正的乡绅和贵族。

如果在青藏高原只选一种代表性的鸟类，我一定会选黑颈鹤。尽管还有一些鸟类更加稀有珍贵，譬如藏鸦——迄今为止目睹藏鸦的人都是屈指可数的，然而，我仍偏向于黑颈鹤。如果把视野限定在我所栖居的青海这片土地上，那么，我更会坚定地选黑颈鹤。科学界认定的第一只黑颈鹤也发现于青海。1876年，俄罗斯探险家普尔热瓦尔斯基在青海湖发现了它，并取得标本。有消息称，科学家经过多年追踪观察发现，全世界至少有一半的黑颈鹤是出生在青海的。据科学家测算，全球黑颈鹤数量在9000只左右，有繁殖对3000~4000对，其中至少有1500~2000对在青海繁殖。单凭了这一条，青海作为黑颈鹤的家乡，也当之无愧。

不过，我也发现，喜欢远离同类分散而居的黑颈鹤也有特别喜欢的地方，这样的地方总会有很多它们的小家庭，譬如玉树隆宝就是这样一个地方。早在20世纪后期，那里已经设立了国家级黑颈鹤自然保护区。那是一个开阔的草原湿地，在那里你经常会看到几十对黑颈鹤其乐融融的场景。虽然也是一对对分散开来的，但这一对与另一对不是离得很远，而是毗邻而居，从这个小家庭里能听到另一个小家庭的动静。我想，像隆宝这样的地方大概就像是人类社会的城市，人口相对稠密。但是总体上讲，这种地方毕竟是特例，黑颈鹤不像人类这样热衷于城市化。它们偏安一隅，不求繁华，却拥有辽阔旷远的疆域，以期驰骋和飞翔。

也许，正是相互之间总是保持适当距离的这种栖居方式，才使它们过着悠闲自在的生活。自由和自在都需要足够的空间距离。但凡拥挤，节奏就会加快，竞争就会激烈，压力就会加大，情绪就会紧张，因而免不了冲突和剑拔弩张。我从未见过匆匆忙忙的黑颈鹤，它们总是一派静谧恬淡、从容优雅的样子。

因为，它们从不拥挤。

狼·兔子·狐狸

藏族有一句俗语——人前的兔子人后的狼。它有借物喻人的意思,但也确实是在说兔子和狼的事。在人面前一只兔子会显得很从容自在,不会惊慌失措,也不会让你看出它害怕的样子。其实,那一副模样是它特意装出来给你看的。兔子最为胆小,说不定在这样做的时候,它早已吓得尿都出来了。但是,当着你的面,它不会乱了方寸,善于伪装是兔子的看家本领。情急之下,兔子还会装死,这是猎人们经常会看到的一幕。它会在安全逃离之后,才显出吓坏了的样子。一只兔子逃离之后,如果你能设法在不远的地方再次见到它,那么,你就会看到它吓坏了的样子。它很可能正躲在草丛里大口地喘着气,像是魂儿都没了。

即使逃离,一只兔子也不会跑很远,也许就在旁边的草丛里。也许在它看来,只要离开人的视线,就安全了,没必要跑太远。另外,因为兔子前腿短而后腿长的缘故,一只逃命的兔子会想尽办法选择上山的路线逃走,这样它几下就会从山下跳到山顶。如果不得已选择了下山的路线,那无异于一条死路,因为下山时,它几乎每走一步都要栽一个跟头,那不是走而是滚。

我曾在山野多次与一只野兔邂逅,那情景像是两个不期而遇的故人。也许是它先看到我的,因为,我看见它的时候,它已经在看我。它正蹲在草丛里,两只金黄的小眼睛滴溜溜地转着,两条前腿抱在胸前,嘴唇快速地蠕动着——可能正在嚼一嘴青草,还没来得及吞咽。看上去,它像是早就料到我会出现在那个地方的样子,一点儿也不感到吃惊,依然在咀嚼它的青草,享受它的美味。而且,也没有要逃走的迹象。反倒是我,因为眼前突然出现了一只兔子,猝不及防,停止了行走,步伐被打乱。一时竟忘了自己走到这里的目的,所能确定的是,我肯定不是来见一只兔子的。它为什么会在那个时候出现在那个地方，我不得而知。于是，有好一阵子，我们彼此僵持在那里，不敢动弹，那应该是静观其变。好像谁要是动一下，就会使自己陷于被动。当然，僵持不会一直持续下去。很快，我已经回过神来，清楚地意识到，对面只是一只兔子，你不必惊慌，更不必害怕。但是，我也确实不知道接下来自己该干什么，转身离开？似乎有点不妥，觉得那样，自己在一只兔子面前很没面子，像是我很怕它，而其实，我并不害怕。可是，我又不能挪动脚步向前走去，因为它就在前面，再往前一步，我就没地方落脚。跟你直说了吧，我也根本没打算一下扑上前去，把它逮住。因为，逮一只兔子并不在我这一天的计划之列，那会彻底改变我一天的生活，而我从未想过要改变这一天生活的样子。我在脑海中迅速地搜寻着打破这个僵局的一个计策，最后，我想，在进一步行动之前，先得跟它打个招呼。思来想去，最后，我只说了三个字："你好啊！"说话时，还友好地向它轻轻挥了挥手。那一瞬间，我看到它咧了咧嘴唇，像是在嘲笑。我以为，它也要说点什么，可是没有，就在我挥手之间，它蹲一下就跳进草丛里不见了。还有一次，我走进一片草丛尿尿，一只兔子蹲在那里，我却没有看到。它可能吓了一跳，跳起来，也吓了我一跳，赶紧憋住尿看时，它以惯常的做法和姿态窜入旁边的草丛里了。

而与兔子相比，狼的表现正好相反。一匹狼一旦与人正面遭遇，它会非常惊慌，甚至不知道该怎么挪动脚步。我曾在路上几次与一匹狼正面相遇——当然，我身边还有别人，如果是我一个人，我究竟有没有胆量和心思留意它的一举一动，还说不定——我看到狼时，它正一门心思地埋头走路，一副心事重重的样子。所以，直到离得很近了，它才发现前面有人。而这时，它已来不及躲避，只好硬着头皮迎上来。在万般无奈之下，我想，它是打定了主意要赌一把的。也许它早就料定，在无路可逃的情势下，即使有一群人，只要他们手无寸铁，它依然可以大摇大摆地从他们中间穿行而过。但是，狼不是兔子，它不善伪装，它所有的恐惧都会写在眼睛里，你会看到一层泪光在它眼睛里缓缓汹涌，你甚至会觉察到它因为害怕四条腿正在剧烈地颤抖着。当它从几个行人身边颤颤巍巍地走过时，我感觉到了它的恐惧，也感觉到了人内心的恐惧，因为它是狼。但是，紧接着，我感觉到的是人内心的愤怒，他们无法忍受一匹狼会从他们身边不慌不忙走过的情景，那简直是奇耻大辱。于是，他们振臂高呼，像是要即刻投入战斗，一副要生吞活剥的架势。事后，等冷静下来之后，我才想，那一切不过是虚张声势而已。他们之所以要弄出些吓人的动静来，无非是想在狼面前找回些面子，在人面前找一个台阶下。其时，人还惊魂未定，而狼已经走远。

一匹走远了的狼会很快找回自信，显出它的淡定来。它知道，只要不是离得太近，人不会将它怎么样的，也奈何不了它。这时，它会恢复固有的步伐，缓缓走向一面山坡，走向山顶。一般而言，在翻过那道山梁之前，它一定会稍作停留，并回过头来看一眼山下的人影。有很多次，目睹这样的一幕时，我曾想象，此时此刻，一匹狼会作何感慨？它会发出轻蔑的笑声，还是一声浩叹？它会不会感到后怕

草原狐　崔春起　卜建平/摄

并由此对前途满怀忧虑？我最终所能确定的是，所有这些想象都出自人性而非狼的本义。

从那道山梁翻过去之后，那匹狼也不会加快前进的步伐，迅速向着远方逃离。假如，随后你能站在那山巅之上仔细搜寻，也不难找到它的踪影。它可能已经走远了，但不会很远。翻过那道山梁是它最后的逃离，危险在山的这面。但是，比起一只兔子来，一匹狼的确可以逃得更远一些。

比一匹狼逃得更远的是狐狸。一只狐狸在人面前会显得妩媚妖娆，甚至无比优雅。只见它迈着碎狐步，似走非走，脚尖轻点地面，扭着腰肢，翘着尾巴，额头微微上仰，撅着小嘴巴，一对媚眼顾盼生情，像是在看你，又像是在众里寻他。不知狐步舞最初是否就是受了狐狸的启示，不过，近前看一只狐狸，的确会让你联想到妖艳的女子。想来，蒲松龄应该是一位与狐狸有不解之缘并对其做过细致观察的人，你看他笔下的那些狐狸精，哪一个不是妩媚惊艳、超凡脱俗的尤物？害得一个个书生舍命相随。

这是在人前。一只狐狸一旦从你身边走过去，稍稍离开一点，你会清楚地看到，它离开的速度会越来越快。远远看一只狐狸消失在视野中，你会感觉自己刚刚看到的是一道闪电，闪了一下，便不见了。很多次，在旷野，我就是这样目睹一只狐狸从视野中消失掉的。如果你看到它从一道山梁翻过去，即使你随后就能站在那山梁上搜寻，也不会找到它的踪影。它早已不知去向。狐狸总是在背离你的地方，才会做出迅速逃离的决定，那是真正的逃离。这也许就是我们越来越看不到狐狸的原因。

猫与猫头鹰

在我看来,猫就是没长翅膀的猫头鹰,而猫头鹰就是长了翅膀的猫。

猫,我是熟悉的。父母在世时,家里一直养猫,养过很多只,有花猫、白猫,也有黑猫。我老家有一种说法,说所有动物都是有武功的,武功最高的当属猫科动物,尤以老虎为最,而老虎的功夫是猫传授的。一开始老虎拜猫为师,虚心求教,猫也是竭尽所能。严师出高徒,没用多长时间,老虎就已经练成了一身绝世武功。有一天猫对老虎说,我已将所有的功夫都传授给你了,再没什么可教你的,你出师了。听得这话,老虎长舒一口气。一想到连日来一只小猫对自己极尽挑剔责难的往事,它气不打一处来。

心想,这下好了,我再也不受你的管教了。毕竟是老虎,是山中之王,在离开师门之前,它想施展一下自己的身手,拿师父出出气。说做就做,它一个猛虎下山直取猫头。但师父就是师父,沉得住气,猫见老虎扑来,知道它要干什么。便厉声喝道:我可没教过你忤逆师傅!不得胡来。老虎哪顾得上这些,张开大口正要活吞了自己的师父,却见猫只轻轻一跃,便在一棵树上了。老虎哪里见过这等轻功,一看傻眼了。急忙匍匐在地,问:师父,你是咋上去的?这一招你可没教过我。猫冷言道:我知道你会忤逆,就留了一招,以防万一。

受此影响,我对猫一直心存敬畏。如果在黑暗的夜里,我看见一只猫蹲在炕头上,火一样的猫眼正向我扫过来,我会吓一哆嗦的。好像它射出来的不是目光,而是一支毒箭,透着一股寒气。后来,留心猫捉老鼠的情景,每次都看得我惊心动魄,目瞪口呆。便感觉,猫不得了。

猫头鹰,我虽然也见过,而且肯定不止一次两次,却算不上熟悉。猫头鹰为夜行性动物,是鸟类世界的隐士,

1
2

1. 鵰鸮
2. 长耳鸮

即使偶尔在白天也能看到其身影,多半它也耷拉着个脑袋,像是还没有睡醒的样子。

据说,除南极洲之外,地球其余地方都有猫头鹰分布,种类也繁多,为鸮形目。猫头鹰头部宽硕,嘴短而粗壮,前段成钩状,头部正面羽毛呈圆盘状排列生长,酷似猫头,故得名。在我老家的土话里,猫头鹰的名字叫"咕咕猫儿",以叫声取其名,其总体的意思,也可以理解为像鹰一样的猫,或像猫一样的鹰,兼备猫科动物和猛禽类两大优势。由此可见,此物绝非等闲之辈。忽一日,听得一则事关猫头鹰的奇闻,对其更是敬畏有加。尽管,之前对此早有耳闻,但总觉得那是一种奇谈,属子虚乌有,不可信。可这一次从一个人口中听到,不由得我不信,我与他不仅是朋友和兄弟的关系,某种意义上说,我们的关系甚至已经超越了生死。他说,这是他亲眼所见的事情,你能不信吗?

他看到,一只猫头鹰将一只猫驱赶到一条小溪边上,让猫将头埋进水中拼命地喝水。坐中有不解者,问:何故?友人答:猫头鹰要吃猫,嫌不干净,便令其拼命喝水,先把自己洗干净了，它才吃。猫胃小，喝不了太多水，喝几口就回过头来望着猫头鹰，像是在说喝得差不多了，它再也喝不了了。可是，猫头鹰觉得，喝得还不够多，让它继续喝。猫正犹豫着，只见猫头鹰飞起一只翅膀劈头盖脸地打过去，猫惨叫一声，又俯下身去拼命喝水。喝了一会儿，又停下。再喝，它就要撑死了。猫头鹰不管这些，还让它喝。当它再次俯下身去喝水的时候，附近传来了一声狗叫，猫头鹰歪过头去听，分神了。猫觉察到了，嗖一下窜进树丛不见了。故事就此结束。他遂又补充道，猫头鹰喜食猫脑，以前也只是听说，有了这次经历，他相信那是真的。

　　闻者，无不毛骨悚然。寻思猫头鹰的师父又是谁呢？于是乎，半晌无语。静默时，仿佛有猫头鹰的叫声穿越时空而来，不禁森森然……想来，一只猫要是长出一对鹰的翅膀，或者一只鹰要是有了猫的身手，它既非猫亦非鹰，而是兼具二者之长，其地位也当在二者之上了。

布谷鸟·喜鹊·百灵鸟

我也曾留意一只喜鹊在树杈巢前与一只布谷鸟对峙的情景,以为那是在争吵,因为喜鹊一直在叫个不停,像是很生气的样子。我一直以为,布谷鸟霸占喜鹊的鸟巢,把自己的蛋产在鹊巢里,让喜鹊替它孵出小布谷来,并精心照料,让其长大,等羽翼丰满之后,才飞走,只是鸠占鹊巢而已,是一件不大光彩的事情。后来才发现,事情远非我所想象的那么简单,整个事件的背后还大有隐情,甚至还潜藏着鲜为人知的秘密。我想,那一定是生命的秘密。

在那天,它(喜鹊)的叫声充满了变化,这种变化是用快慢不一的节奏来呈现的,也是用单双音节的频繁变换来实现的。叫声虽然密集响亮,却不是惊恐的声音,而更

1. 百灵鸟　古岳/摄
2. 处所　曹生渊/摄

像是哭诉，里面有悲切，有苦衷，有怨气，甚至有难言之隐。再看那布谷鸟，它几乎一言不发，间或沉稳地叫上一声，听上去像叹息，更像是斥责，一副冷酷无情、不容商量的样子。我暗自揣测，布谷鸟可能正在跟喜鹊说，它要在喜鹊窝里产下自己的蛋——或者已经产下了也是说不定的，让喜鹊好生照料。而喜鹊正向布谷鸟诉说它的艰难和不幸，说这样它自己的孩子就没法顺利来到这个世界——说不定有一两个孩子还没来到这个世界就得放弃自己的生命。

据科学观察，布谷鸟生性狡猾懒惰，不会自己筑巢孵卵，常常把蛋产在别的鸟窝里，等别的鸟孵出小布谷之后，又抢食其他小鸟的食物，甚至让同窝的鸟儿给它们喂食。喜鹊是几种把自己的鸟巢高高筑在树头上的鸟类之一，比之其他鸟儿建在地面灌木草丛或屋檐墙缝里的鸟窝，在那里产蛋孵卵更加安全。也许是因为这个缘故，布谷鸟更愿意将蛋产在鹊巢里。

老家的老人们告诉我，布谷鸟并不是将自己的蛋偷偷产在喜鹊窝里的,在选某个喜鹊窝产蛋之前,它一定会在事先告知对方,而且,不是商量,是命令。从体形上看,布谷鸟与喜鹊一般大小,而从羽毛的色彩看,布谷鸟远不及喜鹊漂亮。在我看来,一种鸟对另一种鸟的绝对臣服一定是建立在对方体形乃至凶猛程度的绝对优势之上,譬如一只小鸟对一只鹰。而较之喜鹊,布谷鸟显然没有这样的优势。那么,它凭什么来向喜鹊行使命令之权的呢?又是谁赋予了它这样的权力呢?虽然,在中国传统文化里,布谷鸟与喜鹊同属吉祥的鸟儿,但是,相比之下,我感觉,人们更喜欢喜鹊。翻开一部中国美术史,你会发现,除了仙鹤、白鹭,似乎再没有一种鸟儿能比得上喜鹊了。一只花喜鹊站在一朵盛开的梅花上,那叫"喜上眉(梅)梢"。别说是看到了,想一想,那一份喜气也会扑面而来。一代代艺术家将这样的画面画在宣纸上,描在瓷器上,刻在木板和石头上,传之后世,绵延不绝。这是何等样的风光!我不大明白的是,这样一种鸟儿,怎么会甘愿受布谷鸟的摆布和欺负?但这毕竟是人类眼里的鸟儿,在鸟儿自己的世界里，事情也许并不是这样，也许它们有自己的生存法则——也许那才是生命的真相。

老人们说，神在创造所有生命并决定把它们留在世上的时候，最初就已经定好了所有的规则，任何生命都不可能超越其界限，包括会飞的鸟儿、会游的鱼和四条腿的动物、两条腿的人——当然，喜鹊与布谷鸟也不例外。他们说，布谷鸟虽然跟喜鹊一般大，但是辈分高，布谷鸟是喜鹊的舅舅。所以，喜鹊对布谷鸟必须言听计从，这是规矩。平日里布谷鸟与喜鹊并不生活在同一个地方，只有在一个季节里，它们才会飞来与喜鹊一起生活一段时间，就像是一个人的舅舅选了个日子到自己外甥家小住一段时间一样。舅舅辈分高，自然也得拿点架子，每年春夏季节，它也不会自己飞来，还得去请。每到布谷鸟飞来之前的一段时间里，据说到处都看不到喜鹊的影子，那是去请布谷鸟了。因为路途遥远，喜鹊怕布谷鸟旅途劳顿不肯来，就一路背着布谷鸟，才能把布谷鸟请来。爬在喜鹊背上飞行，虽然自己不用费力气了，但是布谷鸟还是担心，担心自己犯困

1. 栖身　曹生渊/摄
2. 喜鹊　曹生渊/摄

睡着了，会掉下来，那是会送命的。喜鹊只好让布谷鸟在远距离迁徙时，用它尖利的嘴咬住自己脖颈上的羽毛，这样就安全了。可苦了喜鹊，等它们飞越千山万水，终于抵达目的地时，喜鹊的脖颈和后背上的羽毛都被它舅舅布谷鸟给拔掉了。我视力不好，记忆中所见到的每一只喜鹊，离我最近的也在丈余开外，没有看出个究竟来，但是，老人们说，他们都看到了，说那个时候喜鹊头顶和后背上的羽毛的确是稀稀拉拉的，真像是刚刚被拔掉了的样子。我相信这是真的。

布谷鸟不仅在喜鹊窝里产蛋孵卵，还会把蛋产在百灵鸟和别的鸟窝里。百灵鸟的窝大凡都建在山坡灌丛和草丛里，安全度自然比不上鹊巢，遇到什么事儿，自身难保的事也是常有的，替布谷鸟照看鸟蛋和孵化，也免不了出点纰漏。可是，布谷鸟只看结果，不问青红皂白。一旦有一只布谷鸟蛋被别的什么动物吃了，或者刚孵出来的一只小布谷不小心得什么病死了，老布谷就拿百灵鸟是问。它没有耐心听你解释，更不会自己去调查原因，无论什么情况，结果只有两个字：赐死。可能是考虑到了百灵鸟长于飞翔的缘故，布谷鸟赐百灵鸟吊死，就是悬梁自尽。不止一个人曾对我说起过，曾目睹一只百灵鸟吊死在一棵树上的情景。布谷鸟当然不会有三尺白绫赐予百灵鸟，无奈，百灵只好自己想办法，它找到了一棵树，先用自己的小尖嘴死死咬住一根细细的树枝，尔后，纵身一跃，将自己吊在半空中。而死亡不会即刻来临，吊在半空中时，它还得耐心地等待自己的死亡。初闻此言，顿觉毛骨悚然，竟吓出一身冷汗来。遂而刻意留心观察，也许是因为在百灵鸟鸣啭飞翔的山坡上逗留的时间不够充足，我一直没有看到这样的鸟类悲剧上演。在所有的鸟类中，百灵鸟是我最熟悉的鸟儿了，那是一群自由快乐的山野小精灵。小时候，有好几年时间，我几乎每天都在山坡上看着百灵鸟飞翔鸣唱。它们无处不在，不经意间一抬头，一回眸，都能看到它们欢快地拍打着一对小翅膀在嘀溜嘀溜地鸣叫。一会儿，它们一圈圈盘旋着飞进了云层，飞着飞着，天空里只剩下了一个黑点儿，到后来，连那个黑点儿也看不见了，好像它们已经飞去了天堂。过一会儿，嗖地一下，随着一声长啸般尖利的鸣叫声刺穿云霄，它们又飞回来了，箭一样射向地面，眼看着快要狠狠地摔到地上了。而这时，那一对小翅膀又开始欢快地拍打起来……至今，我依然清晰地记得，无数的百灵鸟在蓝天白云的映衬下鸣叫着自由飞翔的情景。

据鸟类学家的观察和描述，大凡鸟类在为鸟巢选址时都非常注重隐蔽性，它们知道怎样将自己的窝隐藏在不易觉察的地方。在我所见过的鸟类中，体形较小的鸟大多会把自己的巢筑在茂密的灌丛和草丛里，也有筑在灌木枝杈上的。百灵鸟就属此类，如果栖息地附近有庄稼地，它们也会在庄稼地里筑巢——我想，那多半是它们分不清庄稼和草丛的缘故。村庄附近的有些鸟儿还会在屋檐和墙缝里筑巢，麻雀就是。一种与麻雀大小相仿形似百灵的鸟儿喜欢在墙缝里筑巢，我不知道它的学名怎么叫，当地土话叫它拉麻达儿。也许是因为它跟蛇的关系非同一般的缘故，它看上去也有点阴险。也正因为它巢中常有毒蛇出入的缘故，即使再顽皮的孩子也不会贸然去侵扰它的领地。纵使这样,仍有一些鸟还是会有办法将自己的蛋产在别的鸟窝里。托马斯·金特里在《鸟巢的故事》中写道:"虽然懂得隐藏,但一些聪明的鸟还是会察觉它们的踪影,辨识其巢的位置,然后将自己的卵产在其中,如燕八哥,所以很可能孵出的孩子中,有的是其他鸟类。"看来,鸠占鹊巢不只是布谷鸟的专利,它在鸟的王国里一直盛行。也许每一种生命都有自己必须遵循的生存法则,人类世界是这样,鸟类世界也是这样。

子鼠丑牛·猫

以十二生肖记岁计时当是人类文明史上的一件大事。有关十二生肖的传说也很多,至少有好几个版本流传于世。我所感兴趣的是子鼠丑牛这样的排序,老鼠为什么会排第一,是老大,而牛为什么会排第二,成为老二?还有,连老鼠都位列其中,为什么却没有猫?

传说中的原委大概是这样。考虑到,因为没有时序管制给人间带来的诸多不便,玉皇大帝决定派一位属相时令官到人间征选十二种动物来给人当属相,当值年月时序之责,以归其属类顺序。可是,普天之下动物种类繁多,品貌不一,十二种动物尚不及万一,挂一漏万实属难免。怎么才能既可选出十二种动物,又能使其具有广泛的代表意

阳光下的猫　古岳/摄

义呢？属相时令官最后决定，将天庭此重大决定昭告天下，让所有动物提前知晓，做好充分准备。告示写明正式征选日期和地点，以赶到指定地点的先后顺序排名，选出前十二种动物，逾期不候。

据说，那个时候的老鼠是猫的奴仆——也有说那个时候猫和老鼠是好朋友，我认为此说亦不可信，猫和老鼠永远不可能成为朋友——接到通知时，它们两个正在河边钓鱼。猫便对奴仆老鼠说，我瞌睡多，早上总是醒不来，担心睡过头，会错过征选的时间，你记得叫醒我啊。老鼠立刻表示没问题，说老爷你就安心睡你的觉，到时间我会叫醒你的。可是，到了那一天，老鼠没有叫醒猫，它自己去了。临出门还看了猫一眼，看到猫还在呼呼大睡，它心里便偷着乐。刚出门走不远，它看到了牛。只见牛向前飞奔而去，想必也是去应选十二生肖的。它心想，天下绝大多数动物都比自己跑得快，如果真凭实力，十二生肖里哪还有它老鼠的份儿，说不定它还没走到半道上，征选活动就已经结束了。看来，不能死费力气拼命，只能智取。它一溜鼠窜跳到牛跟前说，牛大哥，以你的实力，十二生肖的老大非你莫属了。不过这大清早的，牛大哥可能还在犯迷糊，我唱首歌给你加油怎么样啊？老牛听着高兴，连声说好。老鼠就跟在牛屁股后面吱吱呀呀地唱开了。可是牛听不见，它让老鼠声音放大点。老鼠就说，牛大哥，我声音本来就小，再加上还得拼命奔跑才能跟得上你的步伐。这样吧，你要是不烦，干脆，我爬到你犄角尖上唱给你听，这样你就能听清楚了。老牛一想，这主意好，就让老鼠爬到它犄角尖上给它唱歌。这下它确实能听清老鼠的歌声了，奔跑起来也似乎更有劲儿了。不一会儿，它们就已经来到应选地点了。

当老牛发现已经站在生肖时令官面前的时候，觉得自己已经胜券在握了，便大喜过望，冲着堂上就哞哞地高呼起来：我老牛是第一。可是话音未落，一个尖细的声音叫道：我才是第一呢。听得叫声，大伙还不明白是怎么回事儿，以为是哪个动物在瞎起哄。可是定睛一看，牛角尖儿上却蹲着一只老鼠，那声音正是它发出来的。可不是吗？除了老鼠，谁还能发出那种尖叫声呢？说话间，它已经从牛角尖上窜下来，跳到牛前面站住了。听老鼠这么说，老牛不干，说老鼠使诈，应该取消其应选排序资格。只听得老鼠又是一声尖叫，说道：规矩上写得很清楚，谁先到谁排第一。我老鼠在你前面，这是事实。一路上，我都在你前面。我问你，是你尾巴在前呢还是你犄角在前？老牛理直气壮地答道，当然是我的犄角在前面了。老鼠说，那不就结了，这一路我都在你犄角尖上给你唱歌加油来着。而现在，大家都看到了，我的确是在你前面。要么这规矩不要了，要么就得说话算数。谁能说不要规矩了呢？规矩是说不要就能不要的吗？那是铁板上钉钉，定出来就是要执行的。就这样，老鼠排在了十二生肖的第一位，是老大。从此，鼠大牛二，子鼠丑牛，就成了规矩。

这个故事，我是打小就听过的——小时候听过的很多故事，大多记不清了，而这个故事却还记得。当时便觉得这不公平，把大象、狮子、长颈鹿、北极熊等很多动物排除在外不公平，老鼠排第一更不公平。还有，连鸡都在其列，那么，天鹅呢？龙自然是要必须选上的，那么，凤凰呢？是否也应该当选？如此想来，这个排序的标准有问题。再说了，总共十二种动物，细看野生的选了五种，依排序分别是老鼠、老虎、龙——它在天上，非家养之物，当属野生之类——蛇、猴；家养的选了七种，依排序分别是牛、兔、马、羊、鸡、狗、猪。在整个动物界看来，无论数量还是种类都以野生居多，占绝对优势，而且，野生动物是家养动物的祖先，比如狼就是狗的祖先，可在十二生肖里只占少数席位，这也不公平。

小时候，不大懂事，还以为十二生肖是管整个地球的，长大之后才明白它只管中国这片土地，顶多涉及中国周边一些地区。如此，很多动物没在这份名单上也就不难理解了，也不再对动物界的这类不公平愤愤不平了。可是，一些迹象表明，对此，动物界的很多动物至今都还耿耿于怀。譬如猫对老鼠。当然，老鼠可能并不这样看，在它眼里，猫有今天，那是咎由自取。

老鼠与猫的仇恨可谓由来已久。据说，老鼠是人类最早的宠物和伴侣，是人类喂养的，它从不偷食。当然，那个时候，也还没有十二生肖一说，人类也还没有养过猫。一开始，人可能只养了一只老鼠，可是有一天，这只老鼠一下生出一窝小老鼠来，竟有六七只。人一看，这也太多了，比家里的人还多，大有喧宾夺主的架势。要是不赶紧想办法制止，过不了多久，那一窝小老鼠也会生出一窝一窝的小老鼠来。经多方打听，他听说世上有一种叫猫的动物，是动物界的武林霸主。他设法把一只猫带回家里的那天，把自己也吓了一跳。猫是他抱在怀里进家门的，进门时，六七只老鼠正在院子里嬉闹玩耍。人还没反应过来是怎么回事，那猫却嗖一下凌空飞去。等它落地时，只见它用四只猫爪各压住了一只老鼠，嘴里还叼着一只，只用一招，五只老鼠就给灭了。这还了得，如果再来一下，这世界上就没老鼠了。主人顿生怜悯，高喊道，还不快跑。见状，刚刚回过神来的几只老鼠这才抱头鼠窜，逃之夭夭，躲过一劫。从此，老鼠对猫的仇算是记下了，对人的怨恨便也开始了。后来迫于猫的淫威，老鼠不得不委曲求全，单等有朝一日，一雪前耻。入选十二生肖并排在诸生肖之首，更主要的是猫还不在其列，总算是报了一箭之仇。

后来的历史也足以证明,尽管人类仰仗猫来捉老鼠,甚至还发明捕鼠器和毒药来对付老鼠,但老鼠的种群数量非但没有减少,而且呈日益壮大之势。如假以时日,老鼠像人类一样独霸天下也不是没有一点可能,那要看我们以什么样的方式来对待老鼠了。

传说中的猫无疑是动物界的佼佼者,连兽中之王老虎的本领都是它传授的,你想,其地位何等了得?但是,也许是它太高高在上了,所谓高处不胜寒,在动物界树敌不少。老鼠对猫的背信弃义,可以被看作是对猫长期欺压的一种复仇。以人类惯常的心态看,这似乎是一种公愤。老鼠过街人人喊打,那是人类的看法,在动物界,猫可能类似于人眼中的老鼠。除了老鼠,还有一种动物对猫的仇恨也到了咬牙切齿的地步,那就是狗。

相传,当初狗的地位相当于后来的猫。那个时候,狗是被主人养在炕上的,而猫则放在院门外肩负警戒放哨之责,捎带提防老鼠。一天,主人要让狗去一个地方取一部真经,担心狗只身前去没有监督,似有不妥,便责令猫同往,协助狗来完成使命。往返途中要过一条大河，猫不会游泳，过河时自然要让狗背着它。取经回来时，唯恐有所闪失，狗一直用嘴叼着经书。猫看在眼里，满怀妒忌，却无可奈何。来到河边时，猫终于计上心来。它对狗说，你这样用嘴叼着经书过河，会把经书泡湿的，那样会损坏上面的经文，回去之后给主人不好交代。狗一听，还真是，可一时想不出什么好办法，只好问猫：那你说该怎么办？猫说，你先把经书给我拿着，我在你背上，河水泡不到，过了河，再把经书还给你不就成了？听猫这么说，狗觉得这确实是个好办法。它对猫一直没有好感，那多半是因为主人对猫也没好感。现在看来，关键时刻，这猫还是靠得住的，不禁侧目。于是，狗松开嘴把经书递给了猫，让猫好生照看，它背起猫开始过河。猫天生好记性，能一目十行而过目不忘，狗还没游到河中央，猫在狗背上已将整部经文烂熟于心。随即将经书弃于河中付之东流。到了岸上，狗看到猫手里没有经书，急眼了，问：经书呢？猫说，河里浪大，你游得不稳，经书掉河里冲走了，我去捞，差点我也被卷走。狗一想，事已至此，再怎么着也于事无补，只好往回走,只是不知道该怎么向主人交差。到家时,门是从里面扣着的,要是往常,狗会汪汪吠叫,主人便会来开门。可是,今天,它不好意思张口,就趴在门前候着。猫说,它饿了,它要先进去了。狗会游泳,猫会翻墙。翻墙进去之后,猫直接去见了主人。见了猫,主人问,你怎么先回来了,狗呢?猫说,狗也回来了。主人纳闷儿,那它为什么不来见我?猫说,它不敢来。为什么?它把经书掉河里给河水冲走了。主人正要大怒,猫却说,就怕出万一,我已将经文全部背会。你要想听的话,我可以念给你听。主人转怒为喜,对猫大加赞扬,并当场做出一个决定,从此后,猫取代狗的地位,狗被关在大门外,还要用铁链拴着。并赋予猫一项狗以前从未享有的特权,它不仅可以跟主人一起睡觉,即便家中来了客人,它也不必起身迎接。除了睡觉、吃饭和捉老鼠玩儿,它只需要做一件事,就是念经。

所以,后来,猫只要一趴在那里,就会发出呼噜噜——呼噜噜的声音,就是在念经。据说,你要是仔细听,猫的每一声呼噜,其快慢节奏、高低声调都是不一样的,那与

猫与狗　古岳/摄

它念诵的经文内容有关。所以,直到今天,狗要是见到一只猫,只要没人看护,一准会猛扑上去,恨不得生吞活剥的样子。想来,那可能就是世仇。

而作为鸮类的猫头鹰为什么也对猫恨之入骨,以至于要食其肉啖其髓,则不好妄加评判。按说,猫与猫头鹰,除了一个没翅膀一个有翅膀之外,一个在地上,一个在空中,不说猫不会侵犯到猫头鹰的利益,从相貌上看,它们很可能还是近亲,应该亲近才对,为什么会有如此仇恨呢?难道,就像猫曾觊觎狗的地位一样,猫头鹰也在觊觎猫的地位?但是,真经早已付之东流,主人再也不会派猫去取真经的,即使有类似的使命需要肩负,主人也断不会派一只猫头鹰协助猫去完成。假如真发生这样的事,别说真经取不回来,连猫的性命也保不住。而真要是那样,猫头鹰也不会出现了,因为,那会让主人不高兴的。

如是。一个生命的链条便会就此断裂。与此相关的生命密码也就此成为永久的猜想,没有了破译的可能。于是,世界会陷入寂静,所有的生命则会陷入孤独。

鼠·鼠兔·鹰

也许猫真的是没长翅膀的鹰。

因为,在所有鼠类的天敌中,除了猫,大多都是长有翅膀的,譬如鹰。如果说猫专司家鼠之事,那么,鹰料理的却是草原和旷野上的鼠类事宜。

我所说的鹰不是一个单一的品种,而是广义上的一个猛禽种类,一个庞大的家族,其中至少包括了秃鹫、草原雕、猎隼、金雕、大鵟,等等。鹰隼类猛禽,通常以小型哺乳动物、爬行类和昆虫为食,老鼠就在其列。而在我所栖居的青藏高原,老鼠很可能还是它们最主要的食物。这是因为,相对于爬行类,老鼠的数量更多,几乎遍地都是,不用费太大力气,便能捕获。相对于昆虫类,老鼠的体型更大,一只老鼠顶得上一群昆虫,而且,高原寒冷,一年之中的大半年时间,地面上看不到昆虫,而老鼠却一直在。其中还有一种长得像兔子的老鼠,叫鼠兔,体形差不多也有一只兔子那么大。我想,只要有它们存在,鹰绝不会费时费力地去寻觅昆虫。

青藏高原的土著居民多牧人,牧人喜逐水草而居,草原是他们生命的根。青藏牧人信佛,不杀生。喜欢鹰不喜欢老鼠,但也不灭鼠。千百年来,草原上鹰和老鼠的数量好像都未见迅猛增长。虽然,鹰捕食老鼠,老鼠们啃噬青草,也与畜群争抢牧场,但是,草原依旧,牧歌依旧。后来,也不知道是谁,看老鼠在草原上出没,不顺眼,挑起战火,欲将老鼠从草原上赶尽杀绝,人鼠之战终于拉开大幕。一片片草原上站满了灭鼠的队伍,广布毒药,老鼠开始成群死亡。曾一度,老鼠好像确实从草原上绝迹了。这时,人们一抬头才发现,天空里飞翔的鹰也不见了踪影。我们不仅灭掉了老鼠,同时灭掉的还有飞翔的鹰。世界似乎一下子安静了下来,一片寂静。时光在寂静中流逝。有一天,

1. 鼠兔　曹生渊/摄
2. 喜马拉雅旱獭　图登华旦/摄

人们突然发现,老鼠又回到了草原,而且,不是一只两只,而是一群一群地出现了。它们像一片乌云,正在快速蔓延。鼠群过处,只听得一片啃噬牧草的声音,大片的草原牧场在它们身后灰飞烟灭,越来越多的草原变成了黑土滩,长不出牧草。牧歌飘零,家园沉沦,曾经的牧场已变成老鼠的乐园。

鹰却迟迟不肯飞来。据说,鹰能永生,当一只鹰老了,飞不动了,它会躲进鹰巢,不进食,让自己日渐消瘦,直到老旧的羽毛、指甲和喙全部褪去,长出新的羽毛、指甲和喙。鹰便获得了新生,它又能翱翔天空了。这就是了,鹰都已经死了,当然不能飞翔了。鹰可以永生,但不会死而复活。

终于,人们再次想起了那些鹰,那是对天空和飞翔的一种怀念。如果天空里没有了飞翔的鹰,地面上一定会布满老鼠的身影。对鼠类而言,鹰不只是它们的天敌,还是主宰。鹰不只把老鼠当食物,它更主要的使命是控制鼠类的种群数量。据说,一只飞翔着的鹰尖厉的鸣叫声,对鼠

1. 大鵟　图登华旦/摄
2. 秃鹫与僧人　嘉阳东云/摄
3. 胡兀鹫　卜建平/摄

类有巨大的震慑力，即使躲在洞穴深处，那鸣叫声也会穿过洞穴进入老鼠的耳朵。而但凡听到那叫声的老鼠都会吓破了胆，几天不敢动弹。这还是其次，更要命的是，这鸣叫声会让老鼠丧失生育能力。所以，一片天空里只要有一只鹰的飞翔，这片天空下的鼠类就不会超过一定的限量。鹰不会像人类那样，对老鼠赶尽杀绝，因为，它还要依靠老鼠维持生计，但它也绝不会任其蔓延，以致使自己无法掌控其局面。

  鹰不仅吃老鼠，也捉兔子。青海民间还有一个传说，说的正是兔子和鹰的事。说兔子之所以长了两条又长又结实的后腿，就是为了对付鹰。说兔子总喜欢望着天上，那是在留意鹰的动向。要是看见一只鹰从空中向它扑来，它不会急着躲藏，而是会仰面躺在地上，蜷好后腿，等着鹰飞来。当鹰张开翅膀落下来要捉它的一瞬间，兔子会用尽全力蹬出后腿，只一下就会撕破鹰的胸膛。这一招还有名字，叫兔子蹬鹰。据说中国武术中也有这一招，就是跟兔子学的。

鹰　班玛三智　曹生渊/摄

我说的是老鼠和鹰的事,之所以提到兔子是因为,我有一种担心,有一天,老鼠会不会也变成兔子。我从鼠兔身上看到这一迹象的,它是像老鼠一样的兔子,也是兔子一样的老鼠,故得此名。如果一个人此前从未见识过鼠兔,那么,要是真有一只鼠兔出现在他的面前的话,说不定真会当成兔子。因为,它真的很像兔子,尤其是那嘴唇。当一只鼠兔蹲在窝边吃草的时候,左看右看,那就是一只兔子。但它是老鼠,我觉得这是老鼠变异进化的结果。若果真如此,其他鼠类也会变异进化,也会变成兔子。而那样一种局面是鹰所无法掌控的。

据我的观察,老鼠是一种富有智慧的小动物。在《谁为人类忏悔》一书中,我曾写过一只草原上的老鼠,我感觉它会模仿人在手机上按键时发出的声音。我也曾看到一只老鼠会吊在电灯开关绳儿上,关灯或开灯的情景。父母在世时,家里一直养猫,尽管猫从未将家中的老鼠赶尽杀绝,但老鼠也从未太过猖狂,只是偶尔才听到有老鼠的动静。父母过世后,宅院空了,不时,我还会回到老家的宅院里小住几日,便发现老鼠一下多了起来。老鼠喜欢夜间活动,午夜之后,它们尤其活跃。我想,这也许是猫科动物也喜欢夜间行动的缘故。一天夜里,我被一群老鼠吵醒了好几次,最后一次被它们吵醒时,天都快亮了。我索性打开灯,爬在炕上看老鼠。它们没想到灯突然会亮,来不及躲藏,到处鼠窜蹦跳。有一只从一张桌子上跳到一把小椅子背上,而后,从那里一跃而下,钻到桌子底下去了。它们不喜欢灯光,灯一亮,有那么一两分钟时间,它们不再闹腾了。但是,随后,闹腾依旧,从墙脚,从桌子底下,从墙头的椽缝里,它们追逐嬉戏的声音不断汹涌……我熄了灯,想再睡一会儿。可是,晨光已经透过窗帘洒落进来,天已经亮了。

记得一则报道说,美洲大陆一群老鼠迁徙途中经过一面万丈悬崖,要从那里下去,凶多吉少。最后,它们竟然抱成一团从那悬崖上滚落,死伤无数,但迁徙得以完成,种群得以延续。当时直看得我毛骨悚然。后来,在青海果洛的达日草原还听到一件真实的事情。说一支科学家队伍在达日草原实施灭鼠援助项目,他们选中了黄河中央的一片孤岛样的草滩做实验，主要是证实老鼠会不会渡河的问题。如果最终发现老鼠不会渡河而过，那么，他们将会采取背水一战的战略战术，将老鼠赶出达日草原，并将此法加以复制，推而广之。且不说，那孤岛上原有的老鼠从何而来，但是那里有老鼠，这是事实。一群洋人耗费巨大精力，终于将那孤岛上的老鼠全部消灭干净了，一只不留。如果来年，那里没有老鼠，接下来的几年里也没有老鼠，那么，这就是个灭鼠的好办法。可是，第二年，他们登上那片孤岛时，发现那里的老鼠比原先还多。于是，宣告灭鼠失败。后来听说，老鼠不仅能渡河，甚至还可以渡过一片大海，所采用办法还是像雪球一样滚过去。只要它们紧紧抱成一团，一直往前滚，总会靠岸的。

如果天下的老鼠们再联合起来加快自行变异进化的进程，使自己变得像兔子一样大，那还了得？假如它们再个个都练就了一身独门绝技——兔子蹬鹰，那整个草原就是它们的天下了。那样世道就变了。到了那个时候，它们再也不会害怕鹰了——它们可能连人都不怕了，还会怕鹰吗？

恐龙·人类·鼠类

有朋友研究古生物,曾撰文预言,在恐龙和人类之后,最有可能成为地球未来统治者的生物非鼠类莫属。一日,特意约请,闻其详。后又查阅相关文献,遂罗列如斯。

理由很简单,鼠类和人类一样,均属哺乳动物,而且繁殖力极强,但人类的繁殖力尚远不及鼠类,最终强者取代弱者,这是趋势。如以体型优势论,其发展则呈由大到小的趋势,人类小于恐龙,鼠类小于人类。

而以进化速度论,恐龙最慢,几乎整个中生代,大约有两亿年的漫长岁月里,它一直是陆地生物的绝对统治者,尽管也有进化,譬如许多两足类进化为四足类,许多食肉类进化为食草类,其中的一支还进化为现代鸟类,但就总

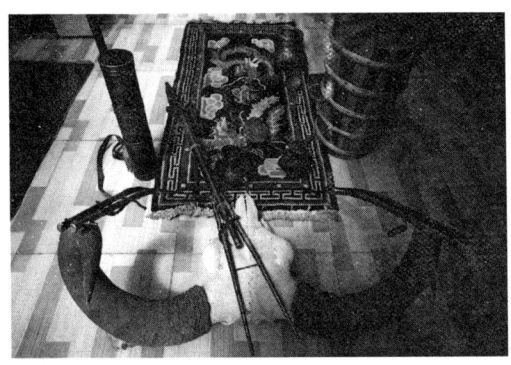

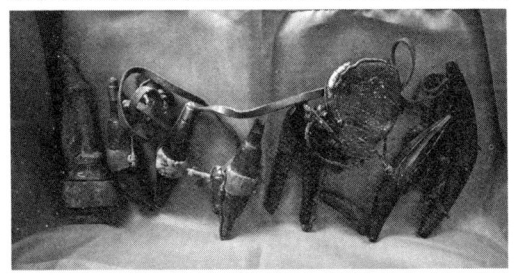

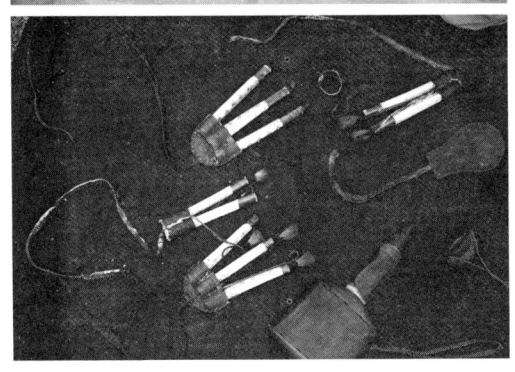

1. 猎枪与酥油桶　古岳／摄
2、3. 藏族猎人装弹药的器物　古岳／摄

体而言，其进程非常缓慢，结果，盛极而衰，至白垩纪晚期已全部灭绝。据《不列颠百科全书》卷5记载，恐龙一词原出希腊文，本意是"恐怖的蜥蜴"，分蜥臀目、鸟臀目，为爬行纲首龙次纲，该次纲为早期鳄类、已灭绝的会飞的爬行类及现代鸟类的祖先。早期恐龙可能源自两足行走的祖龙，在恐龙的整个历史发展过程中许多种类一直保持两足行走。蜥臀类体型最小的体长不足1米，最大的如梁龙体长可达26米，腕龙则更庞大，其体重可达80吨——这是1000个成年人加在一起的重量。你能想象，这等庞然大物在地球上走来走去的情景吗？

你所能想象的情景也许跟美国大片《侏罗纪公园》如出一辙，但那也只是一种想象，而远不是事实。事实上，我们谁都没有见过恐龙们行走或飞奔的样子——幸好没有，假如人类或人类的祖先真的见过恐龙行走的样子，要么会被食肉恐龙吃掉，要么会随着恐龙一起灭绝。那样地球上也早就没有人类的存在了。因为，恐龙灭绝7000万年之后，人类才有可能从四足类进化为两足类，才开始学着直立行走。

有关恐龙的灭绝原因说法不一,有人说其体型庞大笨重、行动迟缓,也是灭绝的原因之一,可新的研究表明,许多恐龙行动非常迅速敏捷。比较一致的一种看法是,白垩纪末期大规模的造山运动是导致其灭绝的最主要原因。因为地球表面突然隆起的一列列山架,致使恐龙繁盛的低地急剧减少。世界气候也因之发生巨变,恐龙赖以生存的植物也发生进化性改变。还有一种说法源自一种假设——假设一颗天体与地球碰撞,产生大量尘埃,使地球处于一片黑暗之中,也许那黑暗持续了三年甚至更长的时间。因为失去了光合作用,很多高大的植物也随之灭绝,导致食物链中断,使恐龙及许多其他生物在全球范围内灭绝。对此,很多人提出异议,理由是在这场假设的碰撞之后,某些恐龙却又奇迹般地生存了下来,时间长达100万年之久。

鼠类次之,它出现在地球上的时间恰好是恐龙灭绝的时间,从白垩纪末至古新世早期,它就已经出现了,距今已有近7000万年的历史。虽然,鼠类在地球上繁衍的历史比不上恐龙那么久远和漫长,但是,就其种群规模的强大程度而言,别说是人类,恐龙也不在话下。别小看鼠辈,只要稍加了解,你就会瞠目结舌。鼠类隶属于一个更加庞大的家族——啮齿类,这是包括人类在内的哺乳类动物中种类最为繁多的一个目——啮齿目动物。也是《不列颠百科全书》(卷14)上的记载:哺乳动物四分之一的科、35%的属和50%的种均属啮齿类,而个体数可能更多。啮齿类现存350属、2400种,还发现400余化石属。这无疑是一个庞大的类群,在整个哺乳类动物中再也找不出第二个如此庞大的类群,即使在整个地球生物圈,除了昆虫之外,恐怕也不会再有如此庞大的类群。

在生物界,除人类驯化豢养的家畜之外,几乎所有的动物都不敢靠近人类,一旦靠近便会有生命危险,这也是许多生物最终灭绝的主要原因。但是鼠类不同,它是极少数敢与人类保持密切联系而繁盛的动物类群之一。其中的家鼠、黑大鼠、挪威大鼠等早已适应人类的生活环境及文明,并能借乘人类制造和使用的车、船向远方迁徙。除了

1. 开在石头上的花朵　古岳/摄
2. 长出厚厚青苔的石经墙　古岳/摄

人类和人类携带的病菌（病毒）之外，它们或许是目前地球上唯一能自行远距离迁徙的物种类群。我经常在青藏高原腹地行走，常有朋友说起，有一种从未见过的小老鼠这几年突然出现在他们那个地方。我开玩笑说，它们是外来的，就像如今城里的流动人口或来自异国他乡的游客。

而且，它们还善于隐藏身份，不像人类，单从肤色外貌和语言你就能分辨出它们属于哪一个种族。如果它们也持有居民身份证、户口本或护照什么的，你便会发现，它们的籍贯几乎遍及全球每一个角落。也许那也是一种殖民，只不过策略更加隐蔽而已，不像人类的殖民侵略那样大张旗鼓。它们总是会悄无声息地出现在一个地方，尔后，定居下来，一点也不感到陌生，更不会有文化心理和宗教信仰的冲突。它们适应所有的环境，既可登得了厅堂，也可入得了阴暗的地穴，任何可立足的地方——譬如下水道什么的，都是它们的乐园。

现存的啮齿类大多体型偏小，某些小鼠是最小的哺乳动物之一，可小到只有75毫米长（包括尾长），重20克。

最大的如南美水豚体长大 1.3 米，体重 50 千克。在乌拉圭还发现过头如公牛、体如公野猪大小的啮齿动物化石。啮齿类可能是迄今地球生物史上繁殖力最为强盛的物种，一年繁殖一胎或多胎，多为多配式。而从繁殖次数和每胎仔数看，体型越小者，繁殖力也越强。化石研究表明，此类动物出现在北美的时间是古新世晚期，在欧洲则为始新世早期，在始新世中分化很快。有些会飞，如美洲飞鼠。除却通常意义上的老鼠之外，豪猪、兔子、河狸、水豚均属啮齿类。

通俗地讲，这是一种必须白天黑夜不停磨牙的动物，虽然没有犬牙，但因为门牙没有齿根却会终生生长的缘故，如不磨牙，不断疯长的门牙就会要它们的命。如果你近距离观察过一只老鼠或一只兔子磨牙的情景，你就知道，我说的是什么意思——那简直是磨刀霍霍。

在整个地球生物进化史上，人类的进化是一个特例。几百万年间，一种生物的进化已接近极致，而且颓势已经显现。盛极必衰，这是规律。而鼠类则循序渐进，虽历经

7000万年进化，生存经验日益丰富老道，却仍未见其盛极之势。与人类一样，它也应该没见过恐龙的真实模样——当然，也可能见过的，不过人类可能永远无法了解其真相——也许鼠类知道。

那个遥远的地质年代里到底发生过什么？人类目前所有的判断都带有某种猜想的成分，至少不是非常精确，包括由太古时代到新生代所推算出来的地质年表，包括恐龙灭绝的年代和啮齿类出现于地球的年代。如此想来，在那遥远的过去，一头恐龙与一只老鼠擦肩而过，甚至不期而遇是完全可能的。若如此，那么它们不仅看到过恐龙们远去的背影，过了7000万年之后，又看到了人类举过地平线之上的高傲头颅。地球生物接下来的历史是由人类主导书写的，这段历史在整个鼠类的生命史上只是短暂的一个季节，它们完全可以忽略不计。它们欣喜地看到，因为人类的过度参与，那条原本可以制衡它们的生命链条已经断裂，再也没有什么可让它们担忧的了。没有了。

除非那看不见的链条能自行修复——而这几乎是不可

能的事情。因为人类太自以为是了,加之他们自身处在链条末端的缘故,不会把它们当一回事,这却为它们创造了万载难逢的机会。它们所需要的只是等待,等待时间一千年、一万年地流逝。7000万年岁月不就是这样匆匆流逝的吗?它们有的是耐心,而人类没有。人类忙于种族事务和双边关系,焦头烂额,他们没时间考虑这么久远的问题,更不会放弃前嫌团结起来对付一群鼠类。他们自身的离间和裂隙就是它们的战略机遇——是的,是战略机遇,人类喜欢这样的字眼,这是他们酷爱的一种游戏。这也是它们对人类既恨又爱的原因之一,只要他们一直沉溺于这样的游戏,真正属于鼠类的时代才可以早日来临。对此,它们已经满怀期待,但绝不会急于求成。

假如——我是说假如,有一天它们真的统治了地球,那么它们又会看到人类从地平线上消失的背影。要真是这样,假如回首前尘往事,它们会作何感想?与人类相知相伴的几百万年间,它们受到过恩惠和宠爱,也被到处追杀——大有被赶尽杀绝的架势。它们被下过毒药,但也偷吃过人类的食粮。它们一次次发动攻势,又一次次败退和被迫迁徙,一会儿从荒野逃到村庄,一会儿又从村庄逃向城里,最后又从城里逃向荒野……它们当然会付出巨大的牺牲,一代代无数的鼠类被灭杀。但是,幸运的是它们一直存在着,从未消失过,而且可以肯定,它们的种群数量还在日益壮大。悠悠岁月,漫漫长路,有太多的经验和教训值得它们汲取和总结。而展望未来,虽然前途依旧充满坎坷和灾难,但是,繁衍生息的信念依然还在。人类不仅给它们带来过无尽的灾祸,也使它们获益无穷。于它们而言,这获益就是生存和战斗的智慧。这不仅是生存的法则,最终,它也一定会变成胜利的法则。当胜利的号角终于吹响,鼠类们开始欢呼的时候,地球上铺天盖地都是一片磨牙的声音——还会有别的声音吗?它们想是没有了。要有,那也是非常遥远的事了。那个时候,地球生命的历史说不定也该结束了。那样,它们就是地球最后的王者。

可惜的是,不再有谁会看到它们的背影。

麝与四不像（苏门羚）

听说，山野林莽间有一条神秘的麝之路，只有经验非常丰富的猎人才能辨识。我非猎人，更没有猎人的经验，当然也无从寻觅这样一条弥漫着奇异芳香的路径了。

据《不列颠百科全书》卷11记载：麝为偶蹄目、鹿科、身体结实的小型鹿类。胆小，独栖，分布于西伯利亚到喜马拉雅一带的山区。耳大，尾极短，无角，和其他鹿类不同之处为具胆囊。毛长，粗而易断、浅灰褐色；肩高50~60厘米，臀部稍高。雄麝的上犬牙长，向下突出嘴唇，如獠牙。腹部有一个产生麝香的器官——麝囊，其分泌物可用于制香料及肥皂。此《全书》同卷"麝香"条目说，在印度和远东的一些地区认为麝香有催欲、兴奋和镇痉作

马麝

用。可以肯定地说，这里所说的远东一些地区包括了我所生活栖居的地方，因为，麝香在这个地方除了上述所列之功效，几乎被盛传为包治百病的奇珍异宝。也因为这样的传闻，给麝这种偶蹄类动物带来了灭顶之灾。

其实，我从未在离得很近的地方看到过一只活着的麝。听说，以前我老家那一带的山上也有麝，但是，我从未见过。听老人们说，有一天，一只麝曾从我家门前一跃而过。他们还给我指过它飞越而过的那个地方，那是一条巷道，宽丈余外，两面都是一道很高的土坎，像悬崖。一只麝该有怎样的弹跳能力，才能从这样一个地方一跃而过呢？小时候，每次从那巷道里走过时，我都会禁不住往头顶上看，仿佛有一只麝正从头顶凌空飞过。

一直到20世纪80年代后期，我才有机会真正走近麝所栖息的地方。那之后，几乎每年都去这样的地方，有的时候，一年要去好几次。即使这样，迄今为止，我也从未见过一只活着的麝——已经死了的麝倒是见过几次，在野外和室内都见过的，野外所见的自然是尸骸，室内所见都是标本。但是，我却听说过无数的麝，如果它们能列队走过一片旷野，那一定是万麝奔腾的景象。有几年盗猎者横行，大多麝类栖息地都惨遭涂炭。它们不是一只一只被猎杀的，而是一座山、一条山谷那样成片被屠杀的。不是用猎枪，也不是用毒饵，而是用钢丝制成的扣子一只只勒死的。盗猎者将扣子布满麝会经过的每一条山谷、溪水和每一片丛林，隔几天去看一次，每次去看，都发现大批麝被捕获。他们只寻找雄麝，而后从它们身上割下香囊，扬长而去，而大量无辜的雌麝和幼麝都弃之荒野，任其腐烂，归于寂灭。这样几年过去之后，那些山野之上，再也见不到麝的踪影了。

大渡河上游玛可河林区是青海境内林相保存最完好的一片原始森林，也是麝类最密集的分布地。除了麝和别的野生动物之外，这里还生活着一种非常珍稀的野生动物，俗名称"四不像"，《封神演义》上姜子牙的坐骑便是此灵物，它亦有大名，曰：苏门羚。数量有限，偶尔才能得见。玛可河林区所分布为世界苏门羚家族非常罕见之一种，可谓造化天物。这次盗猎风潮过后,这片森林里发生了一件奇怪的事情。苏门羚正在死亡,不知何故。随后的观察发现,它们好像是自杀身亡,无药可救,林区管理者百思不得其解。正在这时,当地一藏族老者献计,只要麝类种群回到森林,苏门羚自会不治而愈。遂加大麝类保护,彻底清理盗猎者布下的各类暗器和铁扣,有一年,仅钢丝扣子就拉了两卡车。慢慢地,麝又出现在森林里。果然,那些苏门羚自杀身亡的事也没再发生过。

原来,这与那条神秘的麝之路有关。据说,阴历每月十五日前后几天,雄麝的香囊会自行打开,释放麝香,它所经过的地方到处都会弥漫着它的芳香。山野所有植物都会吸收这种芳香,所有食草的动物从那山野经过时不仅闻到了这种芳香,也吃了那些植物。一种循环就这样形成了。这种循环能使苏门羚免遭病毒和细菌的侵害。不仅麝,不仅动物,山野之上的许多植物对空气、土壤、水体都有净化的意义,甚至对整个大自然都会产生极其微妙的调节和平衡作用。当然,还有各种各样的矿物也在其中扮演着重要的角色。那应该是一个由分子、原子和粒子组成的微循环系统，它调伏生命万物的神经，并疏通其筋脉，使其运行自在圆满。何为自在？自在就是你在，你在就是他在，就是一切都在。一切的自在，就是圆满。生命万物需要这种亲密无间的协调与配合，它是我们这个星球和宇宙得以存在和维系的内在逻辑，并使之成为一个整体，缺一不可。有舍才会得，施爱者一定会被爱，这便是慈悲。这是何等殊胜的造化？虽然，看不见，但它无处不在。我们唯一要做的就是让它一如既往地延续下去，因为，这也是我们自身得以延续下去的根基。

那么，它会一如既往地延续下去吗？我不知道。这是一个秘密，也许除了造物主自己，谁都不会知道。

猎人与鹿

天还没亮,猎人就已经骑着马动身了,那条猎犬紧随其后。

他要赶在太阳还没出来之前守在那个垭口,等待那头马鹿的出现。差不多有半个月时间,他一直在仔细寻觅那头马鹿的踪迹,终于被他发现了,每天早晨,太阳花红的时候,它会准时从那垭口经过。

爬上那座山,来到那个垭口之前,他先将马拴在一个僻静的地方,而后带着猎犬来到垭口。在背风的隐蔽处找到一簇高山灌丛,将自己心爱的杈子枪架在灌丛里,让枪口对准了那垭口的一片不毛之地。尔后,他匍匐在灌丛草地上,将枪托放在肩膀上试了试,觉得非常妥当,也很舒服。

白唇鹿　图登华旦　藏巨冷保/摄

灌丛周围地势平缓,而且还长着茂密的青草,这使他可以伸长了腿平平地趴在那里,一动不动。他看到猎犬也已紧贴着自己的身子趴下了。这狗有灵气,多年的狩猎经验使它变得也像一个猎人的样子了。它知道,什么时候该屏住呼吸保持安静,什么时候该迅速出击,什么时候该汪汪吠叫。只要主人一个眼神、一个轻微的动作,它都能心领神会。

但是,天才刚刚亮,要等太阳出来,还需要个把时辰。清早垭口的风凛冽刺骨,草地上还有露水,他不能这么早就趴在那里干等,那样即使他能耐得住寒冷,也可能会睡着。他得活动活动,但又不能走太远,更不能弄出太大动静。鹿是一种灵物,即便你离它很远,一不小心,也会暴露。都等了半个月了,这一会儿工夫算不了什么,千万不能出任何岔子。他在原地转了几圈,又蹲下身子,下意识地摸出烟袋来,他想抽一口旱烟,甚至已经把羊脚把烟瓶拿在手里了。可是,他是个有经验的猎人,他深知此时不是抽烟的时候,烟味会随风而去,让那头鹿警觉,并悄然离去。

这样盘算着,东方已经露出霞光,感觉鹿好像也正往这边走来，已经越来越近了。他再次趴在那里，调整了一下姿势，又端起枪试了试，感觉真是美极了。在大半生的猎人生涯中，他还从未有过这样的体验，猎物正一点点地靠近，而他却正端着猎枪瞄准。再过几秒钟，他就会扣动扳机了。而枪声一响，猎物就会应声倒地，他就可以满载而归了。现在万事俱备，只等他扣动扳机了。可是，那头鹿还没有出现。他得耐心地等待。一旦鹿走进他的知觉可控范围，哪怕是很轻微的动静，譬如鹿蹄踩到一片干了的树叶，或者鹿身子轻轻蹭到了一根灌木枝，他都能觉察到。可能是湿地上爬的时间有点久了，他肚子里有点响动，不过这点声音不会造成严重的后果，他并不是听到那响动的，而是感觉到的。他想，鹿又不在自己的肚子里，它怎么会感觉到呢？肚子里又有动静，这次持续的时间稍长一些。不仅如此，更糟糕的是，那动静还不停地往下走窜，直奔肛门而去。这个时候，可不能放屁，那样就会前功尽弃。他使劲儿地憋着，想把屁憋回去，可那点儿屁硬是要往外窜，他几乎快要崩溃了。正在这时，那头鹿的树杈样的鹿角好像在对面的树丛里晃了一下,可是一晃又不见了。

是不是自己看花眼了?不会的,他从没有过看走眼的时候。哪怕只是一晃,只要他感觉到了,那一定就是看见了。鹿已经出现了。果然。再看时,鹿已经走出那片灌丛,走进了那个垭口,只有不超过一条绳的距离。不能再迟疑了——迟疑是猎人的大忌,他必须即刻扣动扳机。一切都跟他事先料想的一模一样,这设计简直太完美了。他曾跟人说过,一个优秀的猎人不是用枪捕获猎物的,而是用完美的设计。今天再次验证了自己的智慧。

枪声终于响了,马鹿应声倒地。等硝烟散去时,他的心还在狂跳不已。他不能立刻跑过去,他得沉住气再等一会儿,看看猎物是不是在玩儿装死的把戏——据一代代猎人们的讲述,这是所有猎物一贯的伎俩。当然,他并不以为然。以他的判断,一个猎物在毫无提防的情况下,突然听到要命的枪声,绝难想到要装死,要不它就不是猎物。它一定是吓晕过去了,吓死了,那是过度惊吓造成的结果。别说是动物,即便是一个人,走着走着,突然听到有人从背后冷不丁地放了一枪，他也会吓晕过去。好像那一声巨响将整个世界都给轰没了，未及反应，眼前一黑，便轰然倒地，坠入了无边的黑暗。所以，他必须等待。如果那马鹿不是中弹身亡，他还有足够的时间再次射击。他从怀中摸出弹药袋，将一把散弹灌入枪管，而后填充好足够的火药，插好导火索，静静等待着。

时间在一分一秒地过去，山风在耳边细语，好像是在对他说，那鹿已经死了。他定了定神，眼睛死死盯在鹿身上，竟没有一点动静，甚至连微弱的气息也没有了。这不像是吓晕过去的样子，应该是真的死了。他长舒了一口气，甚至还有意识地弄出点响动来，看那鹿有没有反应。没有。不必再等了。他歪过头去看了一眼狗，正好那狗也在看他，还向他微微点了点头。他明白它的意思，而且他还清楚，很多时候这条狗的判断都比他准确得多。有很多次，他做出了一个决定，但是这条狗却在摇头。一开始，他还挺自信，但是多次失败的教训让他深深地懂得，如果拿不定主意（或者拿定主意之后），一定要记着看看狗的反应，

马鹿

听听它的意见。既然狗都已经点头了，那就是万无一失了。于是，他站起身，去把马牵了过来，然后挎上枪，戴上狐皮帽，带着猎犬，向猎物走去。快走到猎物跟前时，他还煞有介事地咳嗽了一声，依然没有丝毫反应。这下他放心了。

他要坐下来，歇一会儿，抽一口旱烟，然后，背着猎物回家——整头鹿，他是背不动的，但是他先可以把鹿头背回去，也许还可以背上一条鹿腿。剩下的，他会找个地方藏好，回头再来背。这时，太阳已经一绳高了，阳光已经照在山上，他不再感到寒冷。因为一切来得太过顺利，没有半点悬念，这让他突然觉得兴味索然。原以为会有一场激烈的较量，不曾想，一切都在一刹那间结束了。这事看上去有点荒唐，有点邪乎，可它就这样发生了。当然，他不会在乎其过程是否出乎意料，他的目标是猎物。现在猎物已经到手，他没理由跟毫无意义的过程去较劲。

他先将自己的权子枪挂在鹿角上，然后将自己的狐皮帽也挂在鹿角上了——这头鹿真大，鹿角也不一般。他数了数，两只鹿角上竟有18个分叉，也就是说，每只鹿角上有九个分叉，这真是难得一见的宝物啊。他看到狗也已经蹭到跟前想干点什么，他明白它的心思，便对着狗说道："别急。放心吧，少不了你的。"但是，他还是担心狗会捣乱，于是，他用马缰绳的一头把狗拴在上面，在马屁股上轻轻拍了一巴掌，让马把狗拉远一点。马也是灵物，它乘势打了个响鼻，牵着狗往旁边走了几步，然后停下来啃着青草。狗狠狠地瞪了马一眼，好像是在说：你明明知道我根本就不吃草，你要吃草硬拉着我干什么？

猎人没心思理会马与狗的别扭。他再次拿出自己心爱的羊脚把烟瓶，在烟锅子里填满旱烟丝，点燃，猛抽了几口，便烧干了。他意犹未尽，还想再来一瓶。本来他是要把烟灰扣在自己鞋底上的，可在低头时他看到了鹿的嘴唇。这一看，让他心生感慨："看你，就这么倒下了吧？再也跑不动了吧？你要知道，我跟踪你已经有很长时间了，就是在等这一天的到来。也算我们两个有缘。来,你也抽一口。"

说着，他用烟锅子碰了碰鹿的鼻孔。烟锅子很烫，鹿好像被烫着了，蹭一下跳起来奔跑起来。猎人还在纳闷儿，难不成这死鹿也知道烫？狗比主人反应迅速，它一看死了的鹿又活过来了，跑走了，还把它主人的权子枪也背跑了，还戴走了主人的狐皮帽——要知道，这两样宝贝在平日里主人都没让别人动过，连碰一下都不行，今儿个却被一头死鹿给抢走了，这还了得？说时迟那时快，狗疯了一般地撒腿拼命去追鹿，狗是拴在马缰绳上的，狗拼命一拽，马以为这也是主人的意思，也跟着狗去追那头鹿了。

猎人眼看着它们跑远了，这才想起来他也该追上去。可是，不一会儿，鹿、狗和马都跑得没影了。翻过了几座山，趟过了几条河，猎人还是看不到它们的踪影。

他逢人便问："有没有看到一头鹿？"

"没看到。"

"那有没有看到一头背着猎枪的鹿？"

"没看到。"

"那有没有看到一头戴着狐皮帽、背着猎枪的鹿？"

"没看到。"

"那有没有看到一条狗在追一头戴着狐皮帽、背着猎枪的鹿?"

"也没看到。"

"那有没有看到,一条狗牵着一匹马在追一头戴着狐皮帽、背着猎枪的鹿?"

"更没看到。"

据说,后来猎人不再打猎了,因为他没有了猎枪和猎犬,也没有了可以追逐猎物的骏马。假如,偶尔他会想起这段离奇的狩猎经历,也许他还会坚持自己的说法:"一声巨响将整个世界都给轰没了,它眼前一黑,轰然倒地,坠入了无边的黑暗。它一定是被我的枪声给吓晕过去了。而我又把它给烫醒了。"

这是一则藏族民间故事,原本是以口头方式流传于藏区的。我曾听不同的人讲过这个故事,虽然故事的基本情节不会有改变,但随着讲述者身份的变化,故事所呈现出来的效果却因人而异,甚至各有千秋。在将它整理成文字

1. 灌丛与鹿　肖巴/摄
2. 鹿群　卜建平/摄

时我还发现，口头语言有着书面语言所无法比拟的感染力。因为没有了语境现场，讲述者极度夸张的语气、腔调以及肢体和面部表情所传递的现场感无法还原，所以其本真朴实的语境生态已经完全被破坏。因为我的本义并不是搜集和整理一则民间故事，而是想借此另有表达，使其具有某种启示意义。便自作聪明，写成了你已经看到的这个样子。我试图以过程性交代和心理描写的方式对其有所补救，结果却适得其反。

其实，我想要说的是，猎人与猎物之间整体上呈主动与被动的必然关系，即猎捕和被猎捕的关系，但也存在变主动为被动（或变被动为主动）的偶然关系，即被猎捕者掌控猎捕局面——最终，因果得以转换，黑暗变成了光明，阴谋变成了真相，血腥变成了彩虹，屠杀变成了生命的游戏，狩猎的悲惨场景变成了猎物捉弄猎人的幽默喜剧。虽然，这是一个猎人的故事，但它的落脚点并不是猎杀和被猎杀的离奇情节，而是对生命的礼赞。

还有一个真实的故事。我熟悉故事里的主人公，因为他早已过世的缘故，依民族习俗，不好提及姓名。一天，他去打猎。他出门时，天还没亮。日头花红的时候，他已经来到一个山口，匍匐在地，等待猎物的出现。这时，一头高大的雄鹿走进视线，鹿角几乎长成了树，他没数，感觉它至少也有十几个分叉。他见过很多的鹿，但是长成这个样子的鹿还是第一次看到。鹿越走越近，但是突然，它停住了脚步，不再移动，像是特意摆好了姿势要让他射击。他暗喜，今天这是怎么了，竟有这等好事。他屏住呼吸，就要扣动扳机了。

可是那头鹿太奇怪了，它定定地看着前方。他顺着鹿的目光瞄了一眼，他发现鹿的正前方蹲着一头雪豹，雪豹没看到鹿，却盯着他的一举一动。所谓"螳螂捕蝉，黄雀在后"，说的正是这个意思。他这才明白那鹿为什么盯着前方了，幸亏他没有扣动扳机，否则，那头鹿也许会被猎获，但自己也一定会成为那头雪豹的猎物。在与雪豹的目光相遇的那一刻，他几乎要崩溃了，可他不敢动弹，只要他稍有动静，雪豹就会对他发起攻击。他只好一动不动地趴在那里,用安静和等待与之僵持,以争取逃生的时间。也不知道过去了多长时间,雪豹终于没了耐心,缓缓站起身,伸了伸懒腰,呲呲牙,一歪脑袋,侧身离去。这时,他才发现自己已经满身是汗,而那头鹿却早已不知去向。他没敢站起身,直接顺着山坡向后滑去……

虽然这是个真实的故事,却有着普遍的象征意义。其实,自然界原本也有捕猎者。对鼠类而言,猫是狩猎者;对食草类而言,食肉类是狩猎者。只不过,在人类出现之前的漫长岁月里,捕猎的目的仅仅是为了生存,所以,捕猎者都会遵循这样一个准则,它们从不会无为地杀戮。直到人类这个捕猎者出现之后,一切才发生了改变,因为它将所有的生命都当成了猎物,至少在拥有火器装备之后是这样。如果一开始人类行猎的目的也是为了生存的话,那么,到后来就不是了——他们会为满足贪婪的欲望而杀戮。

但是,猎人与猎物的关系永远是相对的,此时的猎物,彼时也许就是狩猎者,而猎人则很可能会成为其他狩猎者的猎物。自古如是。如果这是一个法则,它会一直存在下去,即使地球上所有的猎物都灭绝了，只剩下人类，法则依然会存在，等待新的猎物出现。如果没有猎物，人类还可以自相残杀。所谓逐鹿中原或群雄逐鹿，并非真的在追逐一头或一群鹿，而是在逐天下，是互猎。《史记·淮阴侯列传》就说："秦失其鹿，天下共逐之。"

如果灭绝的是猎人，剩下的是猎物，也一样。

棕熊与房子

棕熊为什么喜欢扒房子呢?

在与世界著名野生动物学家夏勒的一次谈话中,我问夏勒博士。他说,他也一直在关注这件事,可是没法给出合理的解释。末了,又补充道,以前棕熊为什么不扒房子?因为草原上没房子可扒。现在,为什么喜欢扒?可能有房子可扒了。

这是大实话。以前草原上的确没房子,只有帐篷。可它很少扒帐篷,虽然也会经常光顾牧人的帐篷,但它不会将帐篷掀翻。它一般也不会从帐篷的门帘进出,而是从帐篷的一侧钻进去——当然是选没人的时候,而后翻箱倒柜,吃饱喝足了,还会把糌粑曲拉撒在地上,把酥油涂抹在帐篷上,似乎那样很好玩儿——我以为它就是觉得好玩儿才

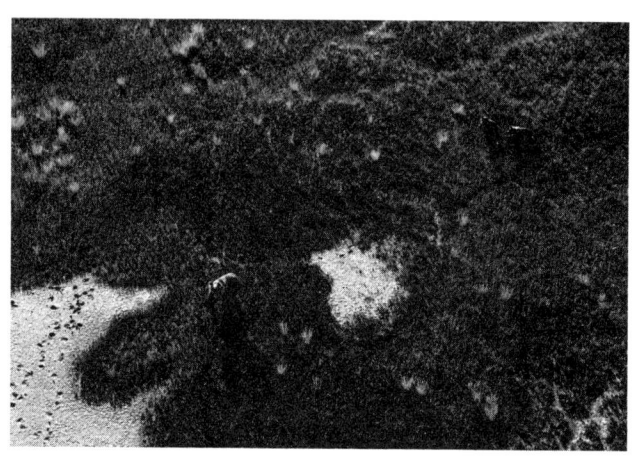

棕熊　马才让加/摄

这样的。等它折腾累了，不好玩儿了，如果天气不错，它还会在帐篷里小睡一会儿。好像在替主人看护帐篷，因为只要它睡着了，在主人回来之前，它是不会醒过来的。帐篷的主人当然不知道有客人来，等他们放牧归来，或者从别的什么地方回来，便会径直走向帐篷，一掀门帘便往里走。这时，他们才会看到棕熊，一般都会感到惊讶，随后也会发出一些虚张声势的动静来。听到动静，棕熊才会醒过来，但是，它不会急着离开。它先会睡眼惺忪地瞪上一眼，像是在责怪把它给吵醒了。而后也不发脾气，一骨碌爬起来，伸伸懒腰，一缩头，还从进来的那个地方爬了出去。

很多牧人给我讲过这样的故事——当然是有棕熊的那些地方的牧人，因为并不是随便什么地方都有棕熊的。我在青藏高原的很多地方都见过棕熊，都在旷野上，都离得很远。每次，看到它的时候，它都是孤零零的独自在走，不慌不忙的样子。一边低头走路，一边摇头晃脑，偶尔还会弓一下腰，甚至会用两只前掌拍打一下——可能有东西挡在路上，妨碍到它的行走，一副心事重重的样子。我在野外看到的棕熊几乎都是这个样子，好像它们从不奔跑，也许在它看来，这世上根本就没有什么事情必须要心急火燎的。我以为，它一直都是这样，可是后来看到牧人们拍摄的一些视频画面，才发现，它也能奔跑，而且还会跳跃。如果不是在草地而是在灌丛中，它就会一跳一跳地从前面的灌丛上翻过去，远远看上去，就像是一个巨大的毛球在那里翻滚。细细一看，才明白，原来它离牧人的畜群太近，牧人有意发出一些吓唬的声音，让它离开的。最后一跳之后，它便消失在那灌丛里面了。

我看到的棕熊大多在照片上，照片上的棕熊都离得很近，都是特写镜头。我感觉，离得太近了，反倒不好看。毕竟是一头猛兽，离得近了，就能看出些凶相来。也许是吓人的故事听多了，印象中几乎所有的猛兽都有一张血盆大口，它倒不是这样。与它那壮硕无比的个头相比，它那张尖嘴，甚至可以称得上小巧。但总体上，我还是更喜欢远远看到的棕熊，尤其是它在旷野上独自漫步的样子。只看到一头笨熊行走，却看不到凶相，显得朴拙憨厚，显得可爱。

草原上的帐篷都变成房子是这几年才有的事。一开始，房子也还是很少。一条山谷或一片草原上，孤零零地突兀着一两间小土屋，也算是新鲜事物。可能棕熊也发现了它的特别之处，于是去造访。门是开着的，可它不走门，而是要从窗户翻进去，窗户是关着的，还有玻璃，它就一掌把窗户推开，如果窗户是从里面扣着的，一掌过去，窗户就没了。它就呼哧呼哧地一跟头翻进去，还是翻箱倒柜那一套，像恶作剧，像一个老顽童的恶作剧。每每令主人哭笑不得。而在藏人的传统文化习俗里，这种事一般还被视作是吉兆，像是家中突然来了贵客，也喜欢张扬出去，生怕别人不知道。后来，随着一项项游牧民定居工程的实施，草原上的房子越来越多了，最后，帐篷已经难得一见了，到处都盖起了房子。而同时，棕熊也似乎多了起来，虽然，夏勒博士说，还没有足够的证据来证明棕熊是否真的多了，但这样的故事却是越来越多，也越来越离奇了。

我想，如果不是棕熊的原因，那一定跟房子有关了。据我的猜想，棕熊之所以喜欢扒房子，除了贪吃之外，多半是出于好奇。它生性顽皮，见到什么新鲜东西总想去看个究竟，但是到了现场，翻了个底朝天，也没看出个名堂来。便觉得无聊，只好倒头大睡。可糟糕的是，它记性又不好，前一天做过什么，经历了什么，到了第二天，或换了个地方，一概抛于脑后，不记得了。于是，故伎重演。还有，它为什么不走门，是帐篷，它要从旁边钻进去，是房子，它要从窗户翻进去呢？我以为，那是熊的一种经验，是有意为之。你想，无论是帐篷还是房子，无论是门帘还是门，那都是人走的通道，一天到晚，男女老幼不知道要进出多少次，它会留下印记和气味了——在熊看来说不定还是一种奇臭无比的味道，安全起见，它要进去，必须得避开那个人走的通道才行，以显示它与人类的区别，这样它才会感觉踏实。毕竟那是人住的地方，而非熊窝。你见过一头熊走人走的路吗？别说熊，几乎所有的野生动物都有它们自己的路，都有自己行进的方向。很多野生动物的行进路线还非常隐蔽，像野驴和麝之路。一旦它们误入歧途，走上人道，定会凶多吉少。同样的道理，人也不会走兽道畜生道。

如果一个人要去熊窝,肯定不敢走熊的通道,从洞口直接爬进去。不入虎穴焉得虎子,那也只是说说而已。真实的情况也许是,他们事先已经挖好了陷阱,或下好了套,做好了埋伏,才敢装出一副直入虎穴的样子,迈出这一步——即便如此,他们也断不会靠得太近,以免落得个虎子没得到却将自己送入虎口的下场。

如此想来,我的建议是,草原上的居民不妨也学学棕熊,顽皮一点,幽默一点,也弄出点类似恶作剧的花样来,而这也是他们所擅长的。从房子里出来时走门,进去时翻窗户,闲来无事时,再往屋子周围的墙壁上蹭蹭前胸后背,最好也经常到屋顶上打个滚儿。这样熊就摸不着门道了。也许,它会站在很远的地方发出一声惊叹:什么时候,这人有了这等法力,能像空气一样四处飘荡?难不成他们已隐形于万物,从此再也见不着了?

也许熊不会这样无聊,像人一样瞎琢磨。以熊的脾性,它总会找到一个更好玩儿的办法,继续它的恶作剧。不过,你不妨一试,一试便见分晓。

蓝马鸡，白马鸡

蓝马鸡，我是见过的，而且从小就见过。我老家村庄后面的山上就有蓝马鸡，每次到山上，翻过那道垭口，就听见一种宏阔的鸣叫声从对面的柏树林里传来，那就是蓝马鸡的叫声。在山野空谷听来，那叫声像是用一块石头敲击一块木板发出的声音，或者像用斧子伐木的声音，并不美妙动人，却可以传得很远，即使隔着一座山，那声音也能传到你耳朵里。

它们喜欢在朝阳的山坡上栖居。那个地方周围一般都会有陡峭的悬崖——我感觉，这主要是从防御角度考虑的。那个地方的树木也不是非常高大和茂密，乔木多为柏树，柏树虽然高大，但是枝叶疏朗，阳光可以直射林下——我

1. 蓝马鸡 2. 白马鸡

感觉，它们喜欢晒太阳，阴雨天应该躲在一棵大树下，很少走动，因为，在这样的日子，我从未听到过它们的叫声。它们不喜欢远距离走动，因为多少年里，它们一直待在那个地方。它们有天蓝色的羽毛，腹部和尾翼夹杂着一丝丝白色。

记得那个年代有一种蓝布，就是它羽毛的颜色。人们都喜欢用这蓝布做衣服和裤子。有一个人穿着这样一条裤子去山上砍柴，累了，他躺在一个柏树下睡觉，裤腿露在外面。一个猎人看到了，以为是蓝马鸡，端起猎枪瞄准了，朝那个地方开了一枪。只听得哎哟一声，把猎人吓出一身冷汗来。赶紧跑过去看，还好并无大碍，但也有几粒散弹击穿了厚厚的鞋底，伤到了皮肉。

而白马鸡，我只是在图片上见过，却从未在野外见过活物。每次看那些图片，我都会有沉醉的感觉。按说，白马鸡更容易见到才对，因为蓝马鸡的濒危程度比白马鸡高。想来，这跟我生长的那一片山野有关，因为除了那个地方，我也没见过在哪里有蓝马鸡。但是，我毕竟见过蓝马鸡，而且不是一次两次,而是很多次——到底有多少次已经记不清了。不过,从相关记载和人们对它的描述看,它的生活习性与蓝马鸡无二,除了羽毛的色彩有所不同之外,它们之间没有太大的分别。可我从未见过白马鸡,对我而言,它比蓝马鸡更为稀奇。所以,每到一个地方,但凡听到有白马鸡的消息,我总会去寻找。有好几次,我在向导的带领下,翻山越岭,穿过一片片森林,去找过白马鸡,结果,连一根羽毛都没见着。还不死心,一有机会,还会继续寻访。

有一年秋天去玛可河林区,听说那里有很多白马鸡,便找了一名老护林员领我去看。一大早就出门,我们走了一整天,翻了好几座山,穿过了一片又一片密林,但却一只白马鸡也没看到,只听到过几声马鸡的鸣叫。他觉得很奇怪,他在这里已经生活了 30 余年,当了 20 年的伐木工,他见到过无数的白马鸡,在那些漫长的冬天,他常常以打猎来消遣。每年冬天,他猎获的蓝马鸡和白马鸡至少也在百只以上,当然,他猎获的不只是马鸡,还有石羊和别的动物。他自言自语:"怎么就一只也看不到了呢?"最终我们不得不放弃继续寻找白马鸡的努力，就坐在一道山梁上，看那森林。

看那森林时，我想起了一个传说。传说中的白马鸡是雄狮大王格萨尔的士兵，在格萨尔归天之后，它们化身白马鸡隐于山林。如果有一天格萨尔重新降世，开始新的征程，这些白马鸡身上洁白的羽毛就能重新变回银色的盔甲，赶往他的帐前听候调遣。一群洁白的鸟儿，原来是一群披戴银色盔甲的威武将士。它们曾征战四方，降妖伏魔，为世间带来吉祥和安宁。我很想看看这究竟是一群什么样的精灵，在举手投足之间是否还能看出威武的雄姿来？可是，它们不知所踪。而我却一直没有放弃过寻找它们的机会，只要听到什么地方发现有白马鸡，我总会设法前往，继续找寻。差不多有30年时间，我至少有十数次寻访白马鸡的经历，可是直到今天，连一只白马鸡也未曾见着。仿佛冥冥之中有一道无形的墙挡在我与白马鸡之间，使我无缘得见。与很多见到和拍到过白马鸡的人相比，我为之付出的辛劳一点也不比他们少，也曾翻山越岭，穿越过一片片森林去寻找，可就是没见着。之所以继续寻找，是因为我总觉得，也许缘分就在前方不远处。

说是不远，也未必能轻易抵达。远与近，有时候不是一个时空的概念。这就像两颗心之间的距离，看上去彼此离得很远，心却完全可以靠得很近。我不确定，我是否走近过白马鸡身旁——也许有很多次，我与一只白马鸡擦身而过，它的一丝羽毛甚至从我的脚面轻轻拂过也未可知——但是，我确信，我与它们之间的距离并不太远。我历经艰辛去寻访它们，只是去看一眼，就像是去拜访一位神交已久却尚不曾谋面的好友。可是机缘不巧，每次去，这位朋友都不在家里。见与不见似乎已经不重要，重要的是你去过。甚至他是否知道你去过也不重要，重要的是即使不确定他是否在家，你依然会去看望，哪怕是从门缝里望一眼他的处所也好。如果能觉察到他安然无恙的迹象，那再好不过了。那样你便可放心地离去。虽然，想念和牵挂是免不了的，但是，不必太过担心。因为，他无恙。

白马鸡，又名雪雉，鸡形目。在四川西部、西藏东部、青海南部、甘肃南部和云南西北部均有分布，有四个亚种。昌都亚种可以说是真正的白马鸡，除头顶为黑色、尾羽末端蓝绿色外，全身羽毛几近雪白。它分布于四川西部德格，青海南部玉树、杂多、囊谦和西藏东部的嘉黎、比如、索县、昌都、类乌齐、丁青等地。玉树亚种全身羽毛呈灰色，深浅不一，仅分布于青海玉树。丽江亚种体羽大部为白色，翅膀端部为淡灰褐色，在四川南部木里和云南西北丽江、香格里拉、德钦有分布。指名亚种与丽江亚种近似，不同之处在于其背部也略带灰色，翅羽灰褐色较之丽江亚种也更暗一些，它分布在青海南部班玛、达日，甘肃南部玛曲，西藏东北芒康、贡觉、江达、察雅和四川西北。

白马鸡大多栖息于海拔 3000~4000 米的高山和亚高山针叶林或针阔叶混交林地带，栖息地主要树种有红杉、冷杉、云杉、高山栎、油松和高山松。夏天，它们偶尔也会到 4000 米以上林缘地带活动，冬季有时候也会下到 2800 米左右的常绿阔叶林和落叶阔叶林带活动。不过，高山灌丛和草甸是白马鸡垂直分布的上限。与蓝马鸡一样，白马鸡喜欢群集,常成群出没,尤以冬春季节为甚,多达50~60只一群的白马鸡很常见。白马鸡白天外出活动,夜间休息。从清晨开始活动和觅食,到中午时,大多在树荫下小憩,偶有鸣叫,之后又出来活动,一直到黄昏时分,夜间通常会栖于树上。喜欢在早晨和傍晚间歇性鸣叫,鸣声宏亮而短促,发出"咯——咯——咯——"的声音,从很远的地方都能听到。白马鸡主要以灌木和草本植物的嫩叶、幼芽、根茎、花蕾、果实和种子为食,也吃昆虫和其他幼虫。随季节变化其食物结构也会有所变化,冬季多以植物根茎和种子为主要食物,春季喜食植物嫩叶、嫩芽,夏秋季,则喜欢吃植物叶蕾、花蕾和果实。幼鸟以昆虫等为主要食物,随着成长,食物中虫类所占比例也会渐渐变小。每年4月中旬,白马鸡大群会分散成小群生活,一般以一雄一雌为一单元,筑巢于3000~4000米的阳坡针叶林中,为配对繁殖做最后的准备。巢多筑于林下灌丛、林倒木下或林中岩洞,以灌丛和高草为隐蔽。5~7月为白马鸡繁殖期,5月下旬至6月初产卵,每窝产卵4~7枚,最多可达 16 枚。卵为黄褐色或青灰色，光滑无斑，孵化期为 24~25 天。等幼鸟慢慢长大、羽翼丰满之后，它们又会聚到一起，集群生活。如此周而复始，亘古不变，社会化、组织化程度极高，好像没有什么东西会打乱它们的生活规律。

虽然，我没见过白马鸡，但是，蓝马鸡我是熟悉的。除了分布区域稍有出入，白马鸡所有的生活习性都与蓝马鸡相似。不过，与白马鸡相比，蓝马鸡的分布区域要小得多，它只分布于青海东北部、甘肃西北部和南部、宁夏贺兰山和四川北部，种群数量也比白马鸡更为稀少。如果把这一区域看得再具象一点，我们就会发现，蓝马鸡只分布于祁连山脉的中东段和它的周边地区，而这一区域除甘肃南部以外，都没有白马鸡。因为，我恰好出生于这个地区，所以，能见到蓝马鸡和未见到白马鸡都是很自然的事。尽管后来，为了寻访白马鸡，我曾一次次出入于它们生息于斯的山野林莽，却依然不曾得见其芳容。这就是缘分。我与蓝马鸡有缘同处一片山野，便与之相见，而与白马鸡无缘,纵然众里寻它,也难得一见。这就像你见过黑马却没见过白马一样,于是牵挂,于是惦念,心存执着,不能释怀。可假如像公孙龙所言,白马非马,那么,黑马岂为马乎?嗟乎!如是,岂不执念于虚无?

从分布地看,它也许真的是格萨尔的士兵,因为它所分布的区域正好是格萨尔史诗广为传唱的地方,说不定它们也曾聆听并熟知雄狮大王格萨尔的史诗。也许正是因为这个缘故,它们从不会单独行动,如果从一面山坡上走过,你会看到它们都会列队前行,像一支秘密出征的队伍。

你要是问我,为何不辞辛劳去寻找白马鸡,或者找到之后要干什么——因为别人也问过同样的问题,我真不知道该怎样回答。因为我只是想看看,什么也不干,甚至看到它之后,如果可能我甚至不会让它们感觉到我曾经来过。我会躲在很远的地方,看看它们即可,只是看看。当然,也不要离得太远,最好是一个能看得非常清楚的地方。有时候,我自己也会问同样的问题,细细想过之后,所能想到的唯一理由是,我想记住它们的样子,让它们成为我的记忆，仅此而已。一次次跋山涉水去寻找白马鸡，只是为了记住它们的样子，这听起来有点荒唐，然事实如此。

我觉得，一个人的记忆里如果全是一日三餐这等过于具体实际的东西，是一件非常糟糕的事情，它会让人太过现实，太过注重利益得失。不说诗意和远方，这样的人生，几乎没有情趣可言。情趣是人生最基本的意义，如果生活中失去情趣，也就没有乐趣了，那么，还谈得上其他的意义吗？难！所以，我想，一个人的记忆里应该有一些看似并无多少实际用场或现实价值的东西，譬如白马鸡。试想，如果一个人的记忆深处，不时地有一只或一群白马鸡，或翩翩起舞，或昂首鸣叫，或低头沉吟，或款款踱步，那该是多么美妙的一件事情！

心想，见或者不见白马鸡，有或者没有这样的记忆，人生的意义也应该是不一样的，至少会有所区别。可反过来一想，又不禁生出这样的疑问来，你真会在乎这分别心吗？也许自己一直被某种执着所困，它让我有了分别心。如此执着于一事一物，应该是一件非常糟糕的事情。它要是存在，见或者不见，它都在那里，这才是真正重要的事。只要它在，你见不到，不一定别人见不到。你见了，它在那里，别人见了，它也在那里——它一直在那里。当然，别人见到的是否就是你想见到的白马鸡却是不一定的——或者说，你想见到的是否就是别人已经见过的白马鸡也是不一定的。

记忆中的雉鸡

我书房的书架上,有一个用红土烧制的笔筒,上面雕有一支梅花,甚是喜欢。这是我一个姑爷的作品,原来放在我一个堂弟家里,后来发现笔筒沿口已破损——那时我姑爷已经故去,担心有一天它会完全破碎,便征得堂弟同意,让我来保存。在别人眼里,它算不得什么,在我却是宝贝。我把这笔筒拿回来之后,里面并没有插着几支笔,而是插上了几根羽毛。那是雉鸡的羽毛,确切地说是雉鸡的尾羽,是我从老家山坡上捡来的。记得刚捡来的时候,它鲜艳无比,棕黄色的羽毛上有一排倒人字形的黑色斜纹,像一行大雁。很多年过去之后,我突然发现,它的色彩远没有当初那么绚烂了,而且,因

雉鸡

风化羽毛多有脱落，羽毛的脱落是从尖部开始的。又过了几年，除根部，羽毛大多已经脱落，只剩下细细的一根羽管，看上去，像一支箭。

在我熟悉的鸟类中，有一些鸟儿是很漂亮的，雉鸟或雉鸡，便是一种。

雉鸡，俗名野鸡，又名环颈雉，据说它共有31个亚种，在整个欧亚大陆广为分布。我所见过的雉鸡，体型大多比家鸡要小，但尾巴却比家鸡长得多。雉鸡羽毛色彩鲜艳华丽，这是天下所有雉鸡的共同特征，不一样的是，我老家一带的雉鸡，金属绿为底色的颈部还有五彩颈圈，与东部诸地有白色颈圈的雉鸡稍有区别，而且，它长长的尾羽上有蓝黑色横斑。较之雄鸟的绚丽，雌鸟羽毛的色彩则黯淡多了，整体呈褐黄色或棕褐色，杂以黑斑，尾羽也比雄鸟短了很多。

假如分别看到一只雄鸟与一只雌鸟，除却了体型，你简直不敢相信它们属同一种类。细细一想，你会发现，雄性比雌性漂亮，这是动物界的一大共同特征。从外貌上看,这也是它们显著区别于人类的地方。在人类世界里,自古以来,女性比男性更加注重衣着相貌的修饰和装扮,而动物界不是。无论狮子、老虎、孔雀、蝴蝶,还是别的什么飞禽走兽,但凡你能想起来的,雄性都比同类的雌性要漂亮,在长有羽毛(或体毛)的品类中更是如此。

我老家山野所分布鸟类众多,少说也有一二百种,而从种群数量看,除了麻雀和百灵鸟,恐怕要数雉鸡为最了。尤其是近一二十年间,它们的数量好像一直在稳步增加,一天到晚,只要你留意听,它们的鸣叫声会随时传入你的耳朵。它们喜欢在飞翔中鸣叫,虽然在林间草丛悠闲踱步时也会鸣叫,但那一般都是一声单调的叫声,多为单音节叫声,忽听得"咯儿"的一声,便没了下文。而在飞翔中,它的鸣叫声却大不一样,那是一长串不间断的鸣叫声,乍一听像是开怀大笑。那鸣叫声持续时间长短与它的飞行距离有关,如果它从一座小山头飞往另一座小山头,鸣叫声会在起飞的同时响起,落下之前却不会停止。如果你看到过一只飞翔着鸣叫的环颈雉，你就会发现，它的鸣叫声的频率与它拍打翅膀的频率是一致的，好像那不是它的叫声，而是它拍打翅膀的声音。

小时候，我见过有人在肩头架着一只鹰去逮兔子或环颈雉的情景，那场面可谓惊心动魄。那个时候，偶尔会听到谁养了一只鹰这样的事，后来，鹰不见了，养鹰的人没有了，雉鸟儿也没了，也见不到这样的场面了。多年之后，我突然发现，山上的树木一下茂密起来了，到处一派葱郁。也就在同时，曾经从山野间销声匿迹了很多年的那些鸟儿又回到了山上，其中就有环颈雉。再后来，我发现，它们几乎无处不在，在林间，在山野，在河谷，在田间地头，甚至房前屋后，一年四季，随时随地都能见到它们的身影。尤其是在秋天，庄稼收割完毕之后，几乎每一道田埂上都能看到成群的雉鸟，它们排成一列蹲在田埂上，像看戏。在冬天，它们偶尔还会飞到人家里面觅食，像是家养的鸟儿，只要你不驱赶或做出吓唬的样子,它们也不着急离开,有时候甚至会在麦草垛上埋着头睡着。

回老家时,我总喜欢到山野间漫无目的地游走,这样的时候,我总是在不经意间与一只或一群雉鸟不期而遇。如果它们不是"咯——咯——咯——"鸣叫着扑棱棱飞了起来,我想自己一定会踩到它们长长的尾羽。有时一天之内,我会有很多次这样的经历。它们突然从自己脚下飞走时,总是会把我吓一跳的——但事后我想,一定是我先吓着它们了,因为我惊扰到了它们安静的生活。一次,我回家时,家里人告诉我,有一只雄雉,每晚都在我家门前的一棵树上过夜,好几年了,天天如此。那时候,父亲母亲都还健在,家里养着两只猫,它们也发现了雉鸟的栖身处,几次都想在夜间偷袭,都被母亲及时发现和制止了。后来,猫可能也觉得,既然女主人护着,那一定是不能冒犯的,也就不再打那雉鸟的主意。有时候,人也跟猫一样,会萌生想逮住那只雉鸟的念头来。一天傍晚,我听到我们家的几个小伙子正在密谋夜间偷袭雉鸟的行动,我当即训斥了一顿,之后,他们也跟猫一样老实了,不敢再动这样的念头。一直到现在,每晚都有一只雉鸟在我家门前的那棵树上栖息。我不确定它是否就是一开始的那一只雉鸟,重要的是那树上一直有一只雉鸟,我视之为祥瑞。

也许是因为它长得漂亮、人们喜欢的缘故,有关雉鸟或环颈雉的记载很多。在中国,最著名的记述当属宋代叶梦得《避暑录话》中那则像寓言一样的文字:"有猎于山者,射雄雉而置雌雉,或扣其故,曰:'置雌者留招雄也,射雌则雄者飏,并获则绝矣。'数月后,雌果招一雄来,猎者又射之。如是数年,获雄雉无数。一日雌雉随猎者归家,以首触庭前香案而死。后其家人死相继,又为讼累而荡其产,未几猎者亦死,竟绝后。或曰:'人莫不爱其伉俪,鸟亦然耶。'猎者之计虽狡,而雉鸟之报更惨矣。"

叶梦得这是在劝人做事不可太过贪婪,对自然万物也要心怀悲悯。《避暑录话》书前,作者还有序言,说

因酷暑难熬，不能安其室，于是每日早起，即择泉石深旷、竹松幽茂处避暑，与其二子及门生"泛话古今杂事，耳目所接，论述平生出处及老交亲戚之言，以为欢笑，皆后生所未知。"

这段序言道出了此类记述的意义所在，不仅在宋代，在当下的世界更是如此。现在的人都忙于生计世故或现实利益，难得有闲情逸致去关心一只雉鸟的命运。然而，深究起来，不止雉鸟，而今人类的眼里，其实除了他们自身，几乎已经什么都不复存在。这并不是说生灵万物真的不在了，烟消云散了，而是我们视而不见。这真应了叶梦得那句话，曾经以为欢笑的古今杂事，耳目所接，皆后生所未知。自宋而今已然如是，况乎自今而后？这才是令人担忧的事情。

还有一段著名的记载出自唐玄奘《大唐西域记》，故事发生在古印度。

说有一片森林里住着很多鸟兽。一天，狂风大作，引起森林大火，鸟兽们四处逃窜。看到这情景，一只雉鸟心生悲悯，便飞到很远的地方——那里有一条河，它跳进河水，将自己的羽毛在河水里泡湿，再飞回来救火。一次次飞去飞回，不以为苦。虽然杯水车薪，于事无补，但它依然坚持不懈。帝释天见它如此辛劳，甚为不解，便问道："你这样做是为了什么呢？"雉鸟答道："我只想救这场大火，好让森林中的鸟兽有个安身之处。我虽然身小力单，但力量再小也是力量，我为什么就不能尽力呢？"

帝释天又问："你力量这么微弱，肯定是扑不灭这场大火的，你打算干到什么时候？"

雉鸟答道："我会一直干下去，一直到我飞不动了，累死了，才会停止。"

帝释天大为感动，用自己的双手掬了一捧水，遍洒森林，浇灭了大火，无数生灵因此得救。据说，这只雉鸟就是佛祖释迦牟尼的前世。

曾经的故事都是这般美丽动人。故事里的事未必是真的，但它依然美丽，即使过了一两千年岁月，依然美丽着,甚至更加美丽动人。可是,很久以后,还会有人记得这些故事吗?

好在我记忆中还有一群雉鸟,鸣叫着,飞翔着,也栖息着。也许这也正是我为什么会写这些鸟兽故事的原因。我需要记住它们,如果可能,希望我的孩子们也会记住它们。最好,他们的孩子也能记得。

乌鸦的秋天

一场秋雨过后,夜里起风了。第二天早上起来的时候,发现门前的空地上落了很多树叶。田野上一派肃杀,远处山坡上的树叶好像比前一天更黄了。如果此时走到山上,置身于茂密的山林,便会听到无边落木萧萧下的声音。

不知不觉中,秋天已经来了。

我正立于门前,望着远山时,一群乌鸦从天而降,飞过村庄的上空,落在不远处的几棵杨树上,呱啦呱啦地叫个不停。而整整一个夏天,我从不曾看到过它们的身影。据说,乌鸦是一种留鸟,一直就在附近,从不曾飞远,巢就筑在树上。以前,我曾见过它们在树上的巢,不是像喜鹊那样一棵树上一般都只有一个巢,两个以上的很少见。

印象中,乌鸦的巢会集中筑在一棵树上,有时,一棵树上会有十几个或几十个。有人见过,在国外一些地方,有的树上有上千个乌鸦的巢。可是,我已经很久没有见过哪棵树上有乌鸦的巢,那么,平时它们都去了哪里?秋天一到,它们又怎么会一下子出现在人们的视野中。有人说,这是因为秋天的田野上可以找到很多食物,它们吃胖了好过冬。我觉得不全是,因为,在春天和夏天,田野周边的树上或其他地方也很少见到它们的身影。田野何其广袤,食物何其丰富,不仅是秋天,任何一个季节,要养活几只乌鸦都不是难事。它们又不冬眠,在漫长的冬季也是要吃东西的。而且,据我的观察,它们出现在秋天的田野上之后,并未见忙着觅食的情景。可见,它们出现在秋天并不只是为了寻找食物。那么,除此之外是否还有什么不为人知的秘密呢?一个属于乌鸦的秘密。

乌鸦(crow),鸦属(Corvus Linnaeus, 1758)、鸟纲、鸦科 Corvidae,俗称"老鸹""老鸦"。全身或大部分羽毛为乌黑色,故名。全世界大约有41种乌鸦。多在树上营巢,

乌鸦

常成群结队且飞且鸣,声音嘶哑。杂食谷类、昆虫等,功大于过,属于益鸟。乌鸦有强而有力的腿和趾,坚硬而较粗大的嘴,鼻孔的位置约在离前额的1/3处,被硬而直的鼻须完全遮盖,且达嘴的中部。尾长中等,也有短尾、稍长的或是凸尾的。乌鸦的体色是黑色、黑色和白色、黑色和灰色,还有紫色、蓝色、绿色和银色的乌鸦。除南美洲,新西兰和南极洲外,乌鸦几乎遍布于全世界。

古今中外,乌鸦似乎一直背负着天地间无穷无尽的秘密,人类也从未停止过对这些秘密的探究与追寻。美国影片《乌鸦》就是无数案例中间的一个现代样本,讲述了一只乌鸦在阴阳两界来回穿梭,使一个亡者死而复生,重新回到阳间的故事。在东方文化中,乌鸦也有阴阳间使者的传说。如果在东西方文化的长河中做一番搜寻,你便会发现一个奇特的现象。一只乌鸦集大凶大吉于一身,飞越了悠悠几千年时空,这在整个鸟类的世界里都不多见。

《山海经·大荒东经》说,大荒之上,有一座山,山上长着一种扶木,高达三百里,树叶如芥菜之叶。那里有一个山谷，也生长扶木，常看见，一个太阳刚刚接近扶木，另一个太阳就会离开扶木，它们（指太阳）都载于三足乌的身上。这里面的乌便是乌鸦。据注，这扶木即榑木，也叫扶桑，其实它叫什么并不重要，我无法想象的是一棵什么样的树能长到三百里高，更无法想象的是竟有一只三足乌背负着太阳会在一棵树上落脚。

不过，你可以想象这样一个情景，早晨或傍晚，假如太阳正好从那高大树冠的另一侧照过来，正好有一只乌鸦落在那树上，正好落在太阳中央。远远望过去，那乌鸦仿佛背负着太阳刚刚落在那树上，乌鸦黑色的羽毛因之金光透亮。于是，人们看到的就是一幅金乌载日的景象了。

后羿射日的传说里也有这只乌鸦，也有这棵树。传说中的东海边，有一棵神树，曰扶桑，树枝上栖有十只三足乌。它们同是东方神帝俊的儿子，每日轮流上天遨游，三足乌放射的光芒，就是人们看见的太阳。后来，十只三足乌不听东方神的指示都抢着上天，天空中同时就出现了十个太阳，大地草枯土焦，炎热无比。人们只好白天躲在山洞里，黑夜出来觅食，猛兽毒虫借机祸害人类。消息传到天上，帝俊赐给后羿一张红色的弓、一袋白色的箭，令他到人间，去教训教训他这些不听话的儿子。可这些三足乌根本不把后羿放在眼里，照样一起上天逞威。后羿大怒，拉弓搭箭，射向三足乌。箭无虚发，一连射下九只。三足乌一死，火光自灭，人们顿感清凉爽快，于是欢呼雀跃。呼喊声传到天上，帝俊得知九个儿子已死，大发雷霆，不准后羿再回天庭。遂令仅存的这只三足乌日日遨游，不得歇息。被后羿射下的这九只金乌，转生为龙子。

一只乌鸦背负着太阳，这在今天看来，简直是不可思议的事情。虽然现在，火箭搭载的宇宙飞船已经能抵达月球表面，而且正驶向更遥远的太空，但是它基本还在地球附近，还在太阳系的边缘。而在远古，一只三足乌却已经穿越了整个太阳系，至少在想象中它已经穿越了。所以，我们把乌鸦作为太阳神来崇拜，它用自己黑暗的飞翔给我们带来了光明。它的身体、羽毛、形象都是黑暗的，那是光明的对立面，却能播撒光明。这才是问题的关键。黑暗与光明、阴与阳、生与死,崇尚黑色的民族一般也崇拜火光,这是古代中国哲学的简单构想,但它所传递的深邃思想却能穿越久远的时空。也许乌鸦曾被赋予背负如此荣光的使命,成为从黑暗飞向光明的使者。

这话似乎扯远了。我原本要写的只是故乡田野上的那些乌鸦,只是乌鸦的秋天。我为什么选择一个秋天来写乌鸦呢?因为,我只在秋天看到过一群一群的乌鸦,冬天偶尔也会看到,但远没有秋天那么密集。也不知道它们是从什么地方飞来的,我只记得一到秋天,一收完庄稼,那些乌鸦就会如期而至。它们落在田埂上,也落在树上。落下来之后,它们很少鸣叫,它们喜欢在飞翔中发出"呱——呱——"的鸣叫声,好像那叫声与它们所看到的事物有关。不仅在我老家一带,几乎全中国人都不喜欢听到乌鸦的叫声,觉得那不吉利,差不多都被视作报丧的声音。以前,在我老家,老人们要是突然听到乌鸦的叫声,会往地上吐三口唾沫,以避晦气。后来,虽然乌鸦还在鸣叫,但往地上吐唾沫的人却少了,好像他们不在乎它的鸣叫。

再后来,因为附近建了一座亚洲最大的变电所,一座座高压铁塔立于故乡山野,一条条输电线路从山野之上飞架而过。每到秋天,乌鸦飞来时,总喜欢落在那铁塔和电线上。一次从一座铁塔身边过,上面竟落满乌鸦,远远看过去,像是那铁塔上长出的黑色果实,顿觉毛骨悚然。有时,它们还在铁塔上筑巢,因为高压线路会定期维护的缘故,筑在铁塔上的鸟巢不会存在很长时间,但是过几天又有乌鸦在那里筑了新巢。看来,乌鸦不像喜鹊,对自己住在什么地方并不是很挑剔,对筑巢的选址也很随意。它们为什么喜欢在铁塔上筑巢?我觉得那是因为铁塔也像树一样高大,但比树木更加牢固,而且还没有树叶。它们似乎并不喜欢树叶,很少看到有一群乌鸦会落在一棵枝叶茂盛的树上。它们喜欢秋天,也喜欢秋天的树木,因为秋天树叶会凋零,尤其是那些高大的树木,枝叶落尽,光秃秃的只剩下了树干、树杈,这是它们喜欢的景色。由此我猜想,乌鸦跟老鼠一样,胆小,喜欢栖居于视野开阔的地方,但凡眼前有所遮挡,便感觉不安全。它们习惯于一览无遗,不受任何干扰，这样它们才能静静地凝视和聆听，才能对这个世界上将要发生的事情做出准确的预测，并告知天下。

而秋天正是这样一个季节，一年的辛劳已经结束，收获已经完成，花朵败落，叶片凋零，繁华落尽，万物萧条，岁月趋于寂静。寒冷的冬天即将来临，世界趋于冷静。这是一个适于书写和叙事的季节，也是一个启示预言和诗意的季节。

也许是因为民俗文化心理的影响，在我眼里，乌鸦是鸟类的巫师和祭司，也是先知和使者，它身着一袭黑袍，专司预言和埋葬。也许它还是一位书写秋天的诗人，像杜甫和马致远。杜甫写秋天的肃杀和凋零，所以他看到的是"无边落木萧萧下，不尽长江滚滚来"。马致远写秋天的悲凉与惆怅，所以他写《天净沙》："枯藤老树昏鸦，小桥流水人家，古道西风瘦马。夕阳西下，断肠人在天涯。"但有一点却是共同的，他们所写，都是秋天，那是诗人的秋天，当然，也是乌鸦的秋天。所不同的是，读懂杜甫和马致远的秋天并不难，而要读懂乌鸦的秋天却很难。

无数次，在一个秋天听到乌鸦的鸣叫，从未听出它每次的叫声有什么区别，或者暗含什么样的玄机。但是，我感觉它们还是有区别的，也一定藏有某种秘密。至于其区别究竟在哪里？或者其秘密是什么，尚不得而知，除非乌鸦会告诉我们——但假如它真告诉我们，我们一定会明白吗？也未必。不过，我们有必要记住的是，乌鸦不止会发出令人厌恶甚至痛恨的鸣叫声，它还会飞翔。也许，它用难听的声音诉说着我们不敢正视的真相，却以黑暗的飞翔承载光明。我们只记住了黑暗，却忘记了光明，其实，就像光明的另一面是黑暗一样，黑暗的另一面就是光明，向来如此，从未改变过。

且放白鹿青崖间

夜观青藏古岩画图，竟发现许多狩猎图上的猎人是骑着鹿的。

尽管猎人在后来的藏族社会中成为被歧视的对象，但是，很久以前也许并不是这样。青藏高原严酷的自然环境决定了人类的生存状态和生活方式，狩猎也许是藏族先民最原始的生活方式，因为狩猎，他们开始驯化野生动物，继而衍生为牧放，最后才开始游牧。但是狩猎还在继续，游牧天涯与追逐猎物相得益彰。虽然，我不曾仔细考证，但是，长期在藏区生活和工作的经历告诉我，至少在藏传佛教盛行之前，青藏高原的雪域藏区一定出现过一个以狩猎为生的时代，至少狩猎行为曾普遍地存在于整个藏区。

古岩画上的鹿　古岳/摄

有人把它称之为猎牧时代，我甚以为然。想来那个时候的藏区狩猎和游牧并存，先民们在狩猎的同时游牧，游牧的同时也在狩猎。

这个时代的前期曾经历过漫长的岁月，从青海湖流域到藏北湖群周边的那些岩画就是有力的佐证。因为大部分岩画上都画有牦牛的缘故，有专家将青藏岩画（包括新疆昆仑山麓、宁夏贺兰山、内蒙古岩画和川滇横断山区岩画——这些岩画上也画有牦牛）统称为"牦牛岩画"。我曾仔细留意过这些古岩画，发现其中的很多岩画就是一幅狩猎图，猎人手持的弓箭和弓弩清晰可辨。不仅如此，骑猎的现象已经普遍存在，而且还出现了苯教象征物"雍仲"的图案。据专家考证，这些古岩画出现在青藏高原的历史在距今3000~1000年之间。汤惠生先生认为，青藏高原最早的岩画出现于公元前1000年前后，为早期金属时期——青铜时代的文化遗存。

在这些岩画中，有很多骑鹿狩猎的场景。它告诉我们，古代先民竟然是骑着鹿狩猎的，你能想象这是一种何等样的景象吗？鹿在成为先民的坐骑之前，曾经也一定是他们眼中的猎物，尔后捕获，尔后像高原的牦牛和马匹一样被驯化成了家畜和坐骑。它使我想到了李白的诗句："且放白鹿青岩间，须行即骑访名山。"李白"一生好向名山游，千里寻仙不辞远。"原以为骑着一头白鹿去远行只是李白一厢情愿的浪漫情怀，是一个梦想，不曾想却在这些岩画上看到了真实的画面。也许李白真的养过一头白鹿，也曾骑着白鹿遍访名山，至少是偶尔骑乘白鹿的，因为他正好也生活在那个年代。其时，他与杜甫、高适等好友相聚，畅游天下，临别，友人执手相问，别君去兮何时还？李白如是作答，豪爽淋漓。不禁神往。

也许果洛地区最早的猎人也是这样，骑着一头白鹿去狩猎和游牧。因为，果洛有很多鹿，不仅有白唇鹿和马鹿，也有白鹿。而且，鹿还是传说中阿尼玛卿山神最主要的家畜，因为受山神的庇护，鹿在果洛一直被视为祥瑞之物，不可猎杀。虽然，20世纪90年代前后曾一度受到大肆猎杀，致使野生鹿群数量锐减，但是，后来随着枪支的收缴和保护力度的加大，鹿群几乎已经恢复到昔日的规模了。现在，果洛的很多地方又能看到成群的野鹿了，像玛沁县的雪山乡一带，鹿群已经像家养的牲畜一样，与牧人的牛羊混成一片，不分彼此。有时候，牧人草场上鹿的数量甚至已经超过了牛羊，它们与牛羊争抢草场，使牧人很头疼，不知道该怎样做才好。

其中还有白鹿。听到雪山乡有白鹿的消息之后，我曾专程去寻找。虽然，那天我没看到白鹿，但鹿群却是看到了的。在山巅、山坡草地上到处都能看到它们的身影，一派呦呦鹿鸣的景象。因为已经没有了猎人，好像它们也感觉到了，所以也不再害怕人类。雪山乡牧人成列告诉我，每天早晨和傍晚，鹿群都会来到他家跟前转悠，一两百头的鹿群很常见。人走到跟前，它们也不躲避，甚至赶也赶不走。

我跟成列约定，随后一定到他家里住下来，看鹿群，也去寻找白鹿。其实，我自己也不是很清楚，为什么一定要寻找到一头白鹿。即使找到了一头甚至一群白鹿，那又怎么样呢？你不可能骑到白鹿的背上，甚至连它的一根毛也未必能摸得着的。细细想来，自己只是想证实一下它的存在，只要它存在着，好像就能了了心愿。那也许就是且放白鹿青崖间的感觉。不一定要骑，在着，就好。

看来，至少在雪山那个地方，猎人的时代已经彻底结束，甚至盗猎的现象也已经完全禁绝。曾经的猎物又成群结队地走进了人类的视野，不仅鹿，棕熊、雪豹、猞猁和其他野生动物也陆续回来了。如果仅从野生动物的角度看，家园似乎已经恢复到了昔日宁静的状态——当然，还有一些东西恐怕很难恢复了，譬如，已经融化的冰川和雪山，已经严重退化的草原。

为国家生态安全计，从上世纪末开始，三江源区生态环境的保护不断升级，至本世纪初，整个三江源区都成为国家自然保护区，现在又成为首个中国国家公园的体制试点。包括果洛在内的整个三江源区民众为此付出了巨大代价，超过5万的牧人迁离了祖祖辈辈繁衍生息的草原，以禁牧还草。他们不仅没有了曾经的草原和牛羊，也不再以游牧为生，而是住进了生态移民点的房屋，依靠国家的生态补偿来维持生计。一开始，一些牧人还舍不得牛羊，举家迁离草原时，把畜群也一同带到了移民点上。可是，他们已经远离自己的牧场，畜群没地方可去，只好让别的牧人代牧。结果，几年下来，一群牛羊就从眼前消失了，说不清楚它们去了哪里，只是看不见了。从这个意义上说，三江源牧人的游牧时代也已接近尾声，游牧天涯已成为久远的回忆。

而在家养牲畜急剧减少的同时，依然留守在草原上的牧人突然发现，野生动物们一下子就多了起来，大有取代家畜的架势。与很多人的看法一样，他们也认为这是生态环境得以改善的缘故，只是不知道该如何应对接下来会出现的问题，譬如他们与野生动物怎样相处的问题，像成列家那样。因为它毕竟不是家畜，虽然它们整天在自己家的草场上走来走去，还与自己家的牲畜争抢草原，可是，你无权决定它们的去留。它们是受到国家保护的生灵，你不仅不能伤害，还得善待它们。而且，长远地看，那草原不仅是人的家园,也是它们的家园——虽然曾一度,它们从那草原上消失了,但那并不意味着它们放弃了自己的家园。而如今,它们又回来了,你也不能不承认它们是在回家。说到底,地球不仅是人类的家园也是所有生灵万物的家园。地球的沉沦,虽然它们和人类都成了受害者,但是与人类相比,它们更加无辜,而人类则是咎由自取。

至少目前我还不能确定,野生动物们的再次繁盛是否意味着人与自然关系的彻底改善,因为它取决于未来我们是否能与大自然和谐相处,而能否处理好这个矛盾,则要看人类会在多大的程度上给大自然让步,这是一个悬念。而从另一个角度看,即使野生动物们能够繁盛到鼎盛的景象,地球是否还能承载起如此重负也未可知,因为生态环境全球性整体恶化的趋势还在加剧。拿三江源来说,草原、雪山、冰川、河流、森林都已经不是以前的样子了,人类所面临的困境也是所有生灵的困境,也许更甚。那么,它们将怎样面对日益破败的家园呢?如果它们也会思索这个问题,那么,它们会作何选择?它们是否有勇气和胆量与人类共享日益稀少的地球资源？即使它们做出了这样的抉择，在人类那里，它们地球公民的权益会得到应有的尊重吗？

为此，我设想过一种可能——也许是最好的一种结局，那就是让成列那样依然留守在草原上的牧人，不仅可以牧放少量的牛羊，也可以鼓励他们试着去牧放自家牧场上的鹿群（或者别的野生动物，譬如岩羊、藏羚羊、野驴、野牦牛什么的）——而与棕熊、狼、虎豹等猛兽继续保持适当的距离，并与之周旋，重新找到一个既相互制约又互为依靠的平衡点，并与大自然和谐相处，直到永远。

《山海经·大荒东经》记载:"有中容之国,帝俊生中容,中荣食兽、木实,使四鸟:豹、虎、熊、罴。"其《大荒南经》《大荒西经》中也说，一种长着三个身子的人和叔歜国人，亦使四鸟，皆为豹、虎、熊、罴。由此可见，远古先民或许真的驯养过这些猛兽，后来这一传统为什么没有一直延续下来，无法考证。我想，其原因无非有二，其一，人丢失了野性，驯服猛兽的能力尽失；其二,四鸟野性难改，不再把人放在眼里。

很显然，而今，人类更不具备这等能耐。世界一些著名马戏团的那些杰出驯兽员当是一个特例，他们身上或许延续着某种特有的原始基因。不过，在读莎拉·格雷恩的小说《大象的眼泪》时，我所看到的却是马戏团那些动物们的悲惨遭遇，也许过不了多久，以商业利益为目的的马戏团驯兽表演说不定会从舞台上彻底消失，就像古罗马角斗士的表演早已禁绝一样。甚至，世界各地动物园中被关在铁笼子的那些猛兽们最终也会获得自由和解放，回归自然，因为这种做法与未来的地球文明相悖。

祖先们的经验值得汲取。即使所有的猛兽都能驯化成家畜或宠物，也不能为之，我们毕竟还得为大自然保留最后的一点野性，以捍卫万物生灵（或造物）的尊严。地质年代意义上的现代生物进化沉浮录显示，无论动植物，几乎所有人类的驯化豢养（或栽培种植）的物种最终都会导致生物本性的衰退，继而灭绝，不得不依赖转基因的方式减缓其衰退的速度，以争取时间延续人类的繁衍。现代人类一直热衷于生命科学的实验,而试验的对象都是人类之外的其他物种(比如小白鼠),无一例外。试验的目的却并不是要更好地了解大自然,而是为了人类文明的永久性接续。毫无疑问,它会极大地伤害到大自然,使大自然原本的生命序列遭到更大的破坏,继而进一步失去平衡。这是人与自然的根本性冲突。

所以,那些牧人即使能继续驯化那些野生动物,最好也不要家养,只是用这种方式与它们进行必要的交流。如果可能——我是说,如果能得到一头鹿什么的允许,他们甚至可以偶尔将一头白鹿什么的变成自己的坐骑,骑着它到处游走,像古岩画上的猎人和李白那样——这是因为,我知道牧人会善待自己的坐骑。我以为,这是牧人们喜欢的一种生活方式,因为牧人骨子里是喜欢逍遥和自在的。一个牧人骑着马走在无边的草原上是一种逍遥自在,一个牧人骑着一头白鹿走在无边的草原上更是一种逍遥自在。那样的日子里,如果这个牧人知道李白在一千多年前就已经写过那样一句诗,也一定会喜欢上李白的,仿佛他也生活在唐朝一样。但前提必须是，那头白鹿也是逍遥和自在的。

前些日，看美国影片《猩球崛起》，有一个镜头画面印象深刻，一个即将从钢铁大桥坠落的人，突然向一个大猩猩伸出一只手高喊："救救我！"那是一个人类向一个猩猩伸出求救的手，看那样子，那大猩猩原本是要施救的，可是当它看清了那个人的嘴脸之后，才决定放弃的。因为，正是那个人将它们引向了灾难。于人类、于文明、于科学和万物，这个画面都具有讽刺的意味和象征的意义。

也许，人类确实到了该向大自然伸手求救的时候了。但是得记住，你要伸出去的一定是一双善意的手。

驴·马·骡

山冈上站着一头驴。它望着远方的天空，那里有一朵云。可能是受了那朵云彩的启示，它甩了一下尾巴，而后昂起头伸长脖子叫了起来，声音悲怆嘹亮，有金属的质地，像是在呼唤那一朵云。这是记忆中的事。

幼时，在课堂上学《黔之驴》，因没去过黔之地，不知道那个地方什么样，就像黔之虎不知驴为何物。想象中，黔之虎见到的驴应该还是驴的样子，与别的驴子没有分别，就像我在山冈上见到的那样。几十年之后，再读《黔之驴》，竟读出一些新意来，觉得古人比我们有智慧，他们早就发现了生命存在的奥秘。如果黔之驴得以活命并繁衍，并非必然，而是偶然。而黔之虎终究会发现这个秘密，这才是必然。这种必然和偶然构成了生命万物的秩序。不仅黔之驴，天下驴子和骡马、牛羊，乃至其他生灵亦复如是。

驴是一种富有感性色彩的圆蹄类动物，如果它能每天都吃饱肚子，也不用过度劳累，还能有一点空闲时间想想心事，它还会是一种充满幻想，也满怀激情的动物——总之，我是这样想的。我感觉，塞万提斯和刘亮程也有这样的想法，说不定奇人阿凡提和神仙张果老也会这样想。

我读过刘亮程写驴的文字，感觉他笔下的驴充满情欲，然后是由此引发的冷峻与黑色幽默。我得承认，他是第一个把驴写得像一头驴的作家，至少在中国作家中再没有第二个。某种程度上，他写的驴比张承志写的黑骏马更像生灵——张承志的黑骏马已接近一种图腾，是一种精灵，而非牲口。而刘亮程的驴就是一头牲口，读他的文字你甚至能嗅到驴粪的味道。在整个文学史上或许只有一头驴堪比刘亮程的驴，那就是塞万提斯的驴——你当然不会忘记，这头驴就是那个伟大的骑士堂吉诃德的坐骑。即便如此，那也只是驴的一个侧面，而非全部，驴还有很多侧面。

也有人把塞万提斯的那头驴说成马或者骡子，比如堂吉诃德从来不说自己骑着一头毛驴，而一定说是一匹骏马——一个骑士怎么可以骑一头毛驴纵横驰骋呢？桑丘有时候也会把那头驴说成是骡子。我以为，这多半是因为人们在将西班牙语转换成别的语言时造成的讹传，堂吉诃德只有骑着一头毛驴才会成为堂吉诃德。他不能骑骡子，更不能骑一匹真正的骏马——那样这个旷古绝伦的文学形象将会失去大半的光彩。

驴、骡子和马当属近亲，在人的世界里，也把它们归为一类，驮牲口，都是可替人类驮载和运输重物的牲口，且都是圆蹄类。可能正是这个缘故，人类有意识地让驴和马互相交配，生出了一种非驴非马的物种——骡子，它兼具马的健壮体格和驴的耐力，而自己却没有生育能力，它只有一个用处，役使。因为驴和马还肩负繁衍子嗣的重任，原本属于驴和马的大量苦活累活便转嫁给了它们共同的后代——骡子，它因而成为人类最可依赖的役使对象。而驴和马不仅能与同种交配生出新的驴和马，驴和马媾和还能生出骡子来，驴生的骡子叫驴骡，马生的骡子叫马骡。于是，驴和马又多了一个功能，创造骡子，创造的骡子越多，驴和马的担子也就越轻。

你如果仔细观察过一头驴在地上打滚的样子，某些时候，你也会生出想学着驴的样子打个滚的冲动来。说实话，小时候，我曾学过那样子，在土炕上，结果感觉舒服极了，至今想来，还能感觉到那种让满身细胞都受到一种彻底抚慰的畅快来。后来，我甚至觉得，人们应该创立一种驴打滚养生术，如把持得当，兼及太极阴阳，此术当可造福万代后世。

虽然，骡子和马也会打滚儿，有时候动静还挺大，但是，由于它们体型更庞大，打起滚儿来远没有驴那般轻巧娴熟，所以也总是半途而废，打不彻底，打不完整。在驴，那是一段精美的舞蹈，而于骡子和马则成了一种丑陋的忸怩。

在人类眼里，最适于骑乘的是马，因为马背更加宽阔沉稳；骡子则适于驮载重物，因为它比驴更有力气，比马更有耐力；而驴则只能肩负骡子和马不屑于为之的使命。

于是，如果驴、骡子和马同时都在，无论派什么用场，人类都会首选马和骡子，最后才会选一头驴。对一头驴来说，这是它所希望的局面，这样它还可以腾出些时间来，多打几个滚儿，多一番享受。

我与驴、骡、马都有过亲密的接触，我骑过驴，也骑过骡子和马。驴子脊背如刀背，马鞍不适合，适合的鞍子又不适于骑乘，无论怎么骑都不舒服，走不了多远，它就会将你的屁股磨烂。也许我不得要领，我或许应该像阿凡提和张果老那样倒着骑，让驴掌握方向，让驴前进，自己则以后退的方式抵达——那样去什么地方已经不重要了，重要的是终会抵达某个地方。比之驴，骑骡子则舒服多了，因为骡子和马都可用同一盘鞍子，骑骡子如同骑马，只是骡子有时候不专心走路，走着走着，总想在路边啃一口青草，如果你没有娴熟的驾驭能力，它也总会让你吃一些苦头的。最舒服的是马背，马背是摇篮，马背是歌谣，在马背上你既可以抵达远方，也可以进入梦乡。最远的一次跋涉，我曾在旷野骑马走了两天，才抵达远方一山谷。所以，我也更喜欢马,骡子次之,不得已才会选一头驴。

十几岁时,族内一个爷爷娶奶奶,依习俗,要让一个人去给新奶奶娘家送男方准备的份子礼,主要是早已蒸好的白面馒头,外加几瓶用红布包扎好的青稞酒和几包老茯茶。因为大人们都忙于娶亲和接待客人的大事,送份子礼这等小事只能派一个小伙子去。这次他们选中了我。因为马和骡子也负有更重要的使命,驮载馒头等份子礼的事只能让一头驴去完成了。那时候,驴已经不多了,族内只有一头又老又瘦的老驴,我就成了这头老驴的搭档。看上去,我是主角,它只是配合我完成族人交代的任务,但实际上,驴才是主角,我只是一个引路的人,我把这头驴引领到要去的那个地方,卸下礼品,喝口茶,再把回礼放到驴背上,牵着驴回来,即可。因为新奶奶的娘家很远,我牵着驴送完礼回来时,天已经黑了。中途要过一条河,那时河已经封冻,结了厚厚的冰。到了河边,那头老瘦驴弓着腰,四条腿都在发抖,颤颤巍巍地死活不肯从冰面上过。我只得强拉硬拽,结果,那驴蹄下一滑,就平平地趴在那冰面上了,无论我怎么努力,它都无法重新站立起来。最后,我只好拽着驴尾巴,让它在那冰河上滑动。好在冰面光溜,我把它拽到河对岸,才让它战战兢兢地站起来。如果是一头骡子或一匹马,就不会出现这种情况。

驴习性刁钻狡猾,它很会在你眼皮底下耍一些小聪明。如果你赶着一头驮载东西的驴走远路,你还得时时留意着这头驴,不能走神,尤其是在狭窄的山路上。它会想尽办法往狭窄的地方蹭,稍不留神,它就会将背上的东西撂下来,而后一溜烟,放下你跑了,让你顾首顾不了尾,进退两难。无论对人还是对其他牲畜,驴子总喜欢拗着来,很难协调一致。如果把一头驴跟一头牛驾在一起犁地,你就会发现,它不使劲儿往前拉,而是一直歪着脖子往一侧使劲,要不是身后有扶犁者不停地挥舞着皮鞭,它定会撂挑子。而一头骡子和一匹马却做不出这等事来,尤其是马,它即使累趴下了,背上的东西也不会掉下来——如果驮在马背上的是一个人,它更会尽心竭力,即使这个人神志不清了,甚至死了,马也一定会把他驮回家的。如果他从马背上坠落，马也会守在身边，寸步不离，直到有人找到他们。

与骡子和马相比，驴还好色，或者说，最初，驴的出现与色有关。相传，世上原本无驴，它被上天派到人间是为了降服一女色魔。那女魔头每天都要找一位俊男相陪，如欲望得不到满足，会立即处死那个男子，无数俊男为之丧命，无一幸免。一头驴子就带着特殊的使命来到了人间，它化身一美男子出现在女魔头门前……后来……后来，自然是驴子以它特有的能耐降服了女魔头。原本的故事还有很多细节描述，大多龌龊不堪，故着意剔除，未录。总之，从此世间有驴，天下太平。

村上有人养过一头叫驴，就是专门给驴和马配种的驴。他们家门前就是一条大路，驴拴在院门口，只要门开着，从门前经过的行人和各类牲口，它都尽收眼底。如果看到一匹母马或一头母驴从门前过，它就会亢奋，就会"嗯啊—嗯啊"地狂叫不已。不可思议的是，它对人类女性也有这种冲动。而大多这样的时候，它身体也总会有本能的反应，会看到一些有时候人不想看到的下流东西。可驴不在乎人的好恶。一个夏天的中午，一家人正在屋檐下吃饭，一个衣着鲜艳的女人从他家门前过，被驴瞅见了，本性难移，一下亢奋起来，又是叫喊又是跳腾，身体某些部位的反应尤其夸张……一家男女老少恨不得找个地缝钻进去。可事后，又觉得新鲜，把这事当成趣闻讲给村里人听，说驴是灵物，通人性。

这样的事，在一匹马的身上不会发生，在一头骡子的身上更不会发生，因为骡子已经沦落为一种无性的动物，为了避免其狂躁难耐，凡雄性骡子，生出来不久便会对其施行阉割，使其失去本性。据说，骡子原本是有性的，且子嗣甚众。后来为什么丧失本性又无后？传说很多，说法不一，大多都有受到诅咒等说法，皆不可信。不过，驴、骡子和马虽是一类，却非一种，但是它们还能和睦相处，互为依存，在整个动物界也算得上一个特例。仅有驴，不会有骡子，仅有马也不会有骡子，如果只有骡子，或许就不会有驴和马。从这个意义上说，它们是一个整体，驴中有骡，马中亦有骡，骡中有驴亦有马。这才是造化的奥妙。

如果我们把驴、骡、马现象不断放大，由此推及万物，我们就会发现，其实，生灵万物莫不如是。

无论驴，还是骡子和马，都为家畜，家畜存在的意义在于它的实用价值。而任何事物的实用价值都有可能被更加实用便捷的东西所取代，驴子、骡子和马也不例外。随着现代交通运输工具的日益精巧发达，这个世界上，除个别偏远山地土著，已经没有人再用驴子、骡子和马匹驮载运输东西了。于是，突然之间，驴骡马一下子从我们的眼前消失不见了，尤其是驴和骡子——在某些地方，马匹之所以还存在，是因为要满足人类娱乐的需要，而非必不可少。

以前，我老家一带山区乡村，几乎家家都养驴、骡子和马，而今一头也没有了，成了稀罕物。以前养过这些牲口的人家，现在的孩子大多没见过它们，驴骡马的时代已经结束，它们正在成为新的传说。以前，驴的地位很低，一头驴顶多也就一只山羊的价钱，远远比不上骡子和马，现在反过来了。如今骡子和马只存在于老人们的回忆中，而驴子虽然也不见了，但驴子的市场还在。一次回家，听说一个偏僻村庄里有一头老驴还活着，八方买家趋之若鹜。一头老驴竟要价上万，一张驴皮的要价也超过两千——说是要做成美容养颜的阿胶的。那也许是那一带乡野最后的一头驴子，之后，就没有驴子了。没有了驴子，就不会有骡子，马也危在旦夕，因为它很难独善其身。

如此想来，过不了多久，很多的家畜也都会成为濒危物种了。譬如土种黄牛以及黄牛和牦牛的杂种后代犏牛。犏牛类似于牛中的骡子，所不同的是雌性犏牛尚可生育，与黄牛交配生黄牛，与牦牛交配生犏牛，但雄性犏牛也像骡子，不能造就自己的后代。它主要的功用是耕地，也是役使，现在也已基本消失。而如果它从我所栖居的这片土地上消失了，也就从全世界消失了，因为牦牛属这片土地特有的牲畜。类似的事，在众多的土种猪、土种羊、土种鸡等牲畜的身上也正在发生。仅20世纪以来，全世界有超过半数的家养动物已经灭绝。因为现代科技在配种、基因配型等环节的精准介入，很多原本由牲畜自己完成的事，都由人类代劳了。于是，工厂化大型养殖业过度繁荣，却导致普天下的猪牛羊越来越像是一个模子里倒出来的，外貌特征和毛色越来越统一，没有了差异化，也没有了血缘谱系标记。某种程度上，它干扰并打乱了牲畜自然繁衍进化的秩序，很多牲畜因此失去了自然的属性和本能。

其实，这也是一种衰退和灭绝。随之一同衰退的是人类的味觉、嗅觉和对大自然母体的感觉——那是维系人与自然关系的纽带，像人和动物的脐带。如果这是自然界一次人为因素造成的大败退，那么，驴、骡子和马一定是它们的先烈。

蛇之灵

冬天来临的时候，朝阳的山坡上突然出现了一些蛇皮，一开始，它们还是软软的，像是刚刚蜕下来的样子，很新鲜，乍一看，就是一条蛇。没过几天，经风吹日晒，蛇皮原本的光泽和色气都没有了，干透了，皱巴巴的，像一个细长的塑料袋，风一吹，它们会晃晃悠悠的在山坡上飘荡。细看，它已干裂成网状物，只是曾经的鳞斑还在，感觉像是古时候的银丝软甲，因为主人已战死沙场，它只能流落荒野。而蛇并没有战死沙场，它只是脱掉衣服去休眠了，就像人在睡觉之前也要脱衣服一样。

幼时，第一次在山坡上见到此物，尽管生命气息全无，也知道它只是一层旧皮囊，但还是吓了一跳，感觉它还活着一样。后来,见得多了,也不再害怕,听说,蛇皮尚可入药,曰龙衣,驱寒湿,偶尔也会捡一两条回来,放着,可从未见有人用其配伍入药。

蛇是一种有鳞类爬行动物,青藏高原蛇类多穴栖冬眠。据说,蛇蜕皮的次数与生长速度有关,快速生长的蛇每两个月蜕一次皮。我想,青藏高原上的蛇大多应该生长缓慢,因为,我只在冬天来临的时候才见过蛇皮。那时,它们已经开始冬眠了。高原的冬天又是那么漫长,因而栖息于此的蛇类可能也是世界上冬眠时间最长的蛇了。

蛇对气候冷热变化十分敏感,它喜欢酷热的天气,也喜欢温热的阳光,却害怕阴雨天气,也怕冷。遇上连天阴雨,如果偶尔露出些阳光来,它们便会急急地钻出来晒晒太阳的,像是冻坏了的样子。记得,在我青海老家,每年农历五月初偶尔才能见到蛇,那也是天热的时候,平时它还是不敢出来,好像它还没有完全伸展开,身体还有些僵硬。而到立秋以后就已经很难见到它了,即使见到,也是木木的,行动困难迟缓,没有了往日的柔软与灵动,眼睛里都没了光芒。如此想来,它能风光的日子顶多也就四个来月。一年四季,大半年的时间里它一直在休眠,一觉要睡这么长时间,它一定做过无数的梦。

蛇在三暑天是最厉害的。在这个季节,一种长三四尺的黑花蛇可在草尖上飞,从草尖上飞过时,它吐着信子发出嘶嘶的叫声,却不见草叶弯曲和颤动。这是一种有毒的蛇,常有人或动物受到它的攻击。我听村里很多人说起,这种蛇能隔着老远杀死一头壮牛。因此,身小体弱的牛都会躲着蛇,不去招惹,即使有蛇主动挑衅,牛也会识趣地躲开,避其锋芒。只有那些年轻体壮,膘情又好,精力也旺盛的壮牛,有时才会犯糊涂,敢于挑战一条挡住去路的蛇。蛇牛遭遇时,都不会有身体的接触,它们隔着老远便拉开架势斗法比吸力,看上去都停在那里,不曾动弹过,却都会使出浑身的气力,吸收对方的精血。这样的对峙一般会持续很长时间,一个时辰之后,强弱之势渐渐显露,大多情况下,牛会提前败下阵来逃走。如果稍有迟疑和耽搁,再想逃走就难了。牛会因体力不支而先是四腿开始颤抖,随后鼻孔流血,最后气绝倒毙。当然,蛇也有犯糊涂的时候,遇到了一头力大无比的牛,还不自量力,想把它吞了,结果,几个回合下来,牛把蛇吸进了自己的鼻孔,吞了下去。这等情景,我虽不曾亲历亲见,却深信不疑。

还有一种毒蛇,只有六七寸长,更厉害,能从一条山沟的一边凌空飞跃到另一边,像箭一样直直射出去,射出去时,它还会像陀螺样旋转。它用这功夫常常逮住飞翔的鸟儿,一般都会活活吞下去。我老家一带,有六七种蛇,除以上两种,还有一种白花蛇,也有三四尺长,最长的有六七尺,无毒,常出入于农舍鸟窝。以前被视为祥瑞之物,容其自由出入,一般不予加害。再就是一种小花蛇了,长不过蚯蚓,略粗而已,雨后阳光下的山路上甚为多见。

有关蛇,我也听到过不少故事,有一些还不是故事,只是一种说法。譬如,说一个人走在路上,要是发现一条蛇在前面引路,是为大吉之象。而如果一条蛇迎面而来或者横穿而过,则为凶兆,须三思而后行。据说,一个人在山坡上睡着了,如果有一条蛇爬过来,从他一个鼻孔里钻进去，在体内转了一大圈，又从另一个鼻孔里钻出来，此人一定有大富大贵之命。民间传说，中国古代有一个皇帝在称帝之前曾在山上放过牛，一天他在山坡上睡着了，有人看到，一条蛇就从他的鼻孔里进出。之前，也有一个人也在那山坡上放牛时睡着了，一条蛇也爬过来，正要从他鼻孔里钻进去，他却醒了，看到一条蛇在眼前摇头晃脑，吓死了。说要是那天他没有突然醒来，让那条蛇也从他鼻孔里进出，那样他就会当皇帝。

还有一种说法更玄乎，说在某个特殊的时间，某个地方所有的蛇都会集结到一起开一次大会，商讨天下大事。那场面很大，无数条蛇盘踞在那里，不时发出嘶嘶吱吱的吵嚷声——那一定是在认识上出现了分歧，在激烈地争论。这种场面不是随便什么人都能遇上的，能在那样一个特殊的时间走到那个地方，见到那种场面的人一定也是受到了冥冥之中的某种启示。普通凡夫俗子即使遇到了这种场面，也会吓坏的。见到这种场面时，务必要镇定，不能惊慌。然后你要脱下贴身的衬衣，轻轻盖在群蛇身上，而后记住那个地方悄悄离去,第二天再回到那个地方。那时群蛇已经离去,衬衣还在,拿回衬衣之后,即可穿在身上。如是,即便不能蟒袍加身,也会尽享富贵荣华。说有一个人上山砍柴遇到过这种场面,当时吓坏了,速速逃离,走很远了,才想起有这样一个传说,又急急赶回去,还早早脱下衬衣准备着,可是他赶到那里时,群蛇已经离去,大势已成定局,天下蛇会已经胜利闭幕。

在今天,你完全可以说这些都是无稽之谈,不可信。不过,古人也许不这样看,在他们眼里,蛇是一种灵异之物,很多时候,它能预知一切,并以它们的方式启示于万物。对此,你也可以说是无稽之谈,不可信。但是,什么才是可信的呢?一蛇吞象原本也是个故事,现在成了成语,你信不信?故事情节你可以不信,但故事所隐含的寓意你信不信呢?那就是人心不足蛇吞象。《白蛇传》的故事情节更加离奇,而千百年之后它还在广为流传,那并不是因为人们相信它是真实的,而只是因为故事本身很美——这一点没人会怀疑。

所以，人们把这条蛇不叫蛇，而称之为白蛇娘娘。一条蛇被尊称为娘娘，这已是近乎神灵的称谓了，中国历史上把所有的女神都称之为娘娘，譬如，西王母和妈祖。而在人类文明史上，将蛇作为神来崇拜的族群也不在少数，最广为人知的当属玛雅人对蛇的崇拜，中美洲丛林旷野中的那些神庙里所供奉和膜拜的就是一条巨蟒，那是玛雅人的创世神，也是玛雅文明的灵魂象征。有文化人类学家称，中国古代的龙其实也是一条蛇。我们谁都没见过龙，但我们依然将它视为中华文明的一个精神象征，说明在心里，人们还是愿意接受这样一个事实。这就是文化。古代文明其实就是人类试图破解自然万物秘密的心路历程。一条蛇或一只鸟因而具有了人格化的神性力量，因而满怀虔心和敬畏，架构出世间万物最初的精神伦理秩序。这秩序符合自然万物的自在本性。

世间万事万物的存在，并不是信与不信那么简单的，信的未必存在，不信的也未必真不存在。从这个意义上说蛇是一种灵物也不为过，由于其紧贴地表或穴栖地层的缘故，至少对大地的感觉上，它要比人类灵敏。你看每次地震之前，人类尚毫无觉察，而蛇类即便是在休眠蛰伏的状态中也会蠢蠢欲动，甚至到处乱窜，它是想给其他生灵传递一个信号，而这个信号确切无误。这就像是狗和苍蝇的嗅觉是人类所无法比拟的，你能不承认吗？对万物怀有敬畏之心，对人类只有益处，没有坏处。

对蛇这种爬行动物，我说不上喜欢，甚至可以说十分地讨厌，因为它令我恐惧。

在我最害怕的动物中，蛇当排第一。虽然，我也害怕狮子、老虎和豹子，但我与它们从未离得很近过。我曾在很近的距离内看到过狼，它也没让我像一条蛇那样感到过害怕。很小的时候，我就已经见过蛇了。之后，所见过的蛇越来越多，但我内心对蛇的恐惧感从未减少过。冷静想想，大多情况下，我可以轻而易举地灭掉一条蛇，一条蛇则很难伤到我，我却依然害怕蛇。这说明，一条蛇在心理上至少比我强大，至少我的感觉是这样。何故？因为它在我心里投下的阴影。那阴影从何而来？当然来自我从小耳濡目染的文化记忆。而这记忆的实质就是一个民族的文化心理，其中蕴藏着对自然万物的基本心态，敬畏。

一次去砍柴，拉着一捆柴正往山下走，有一段路坡陡，须急速而下，步子迈得很快。眼看要踩到一坨牛粪了，急急收住脚步，定睛看时，那不是牛粪，而是一条盘着的黑蛇，腿一下就软了，额头上噌一下渗出一层冷汗来。一次是去采药，看到一处悬崖上有几株川芎，长得旺盛，便费尽心思爬上去，伸手去采，手几乎已经够到草药了，这时突然感觉手背触到一种极为柔软冰凉的物体，下意识地缩回手看时，发现草药底下竟盘着一条黑蛇，害得我差点没从那悬崖上滚落下来。一起长大的孩子中有胆大的，经常会逮住一条蛇，紧紧攥着蛇脖子，像绳子一样甩来甩去，每次都看得我目瞪口呆，自己却从未试着去碰过一次，哪怕是轻轻的触碰也会令我惊恐莫名。

但是，这并不会让我对它产生憎恨。每次我与一条蛇的遭遇，都是我走进了它的领地。也许跟小时候的这些经历有关，长大后，我常常在梦里见到各种各样的蛇。有几

次还在父母跟前提起,父母无语。一次跟一个喜欢解梦的人说起,他认真地说,蛇是小龙,你可能要生个儿子了。我说,我一个大男人怎么生?但我明白父母亲为什么无语了,他们也不相信自己的儿子会生出一个儿子来。

远方的野兔

没想到,我会在那个地方碰见那只灰色的野兔。

那个地方在巴颜喀拉北麓,是一条山谷。我去那个地方是去看一个叫冬格措纳的湖。湖边有一个怪石嶙峋的山谷,山谷里面孤零零地耸立着一座山峰,孤绝险峻,但山顶却极为平缓,远远看过去,很像一个高台。传说,这是格萨尔王妃珠姆煨桑的地方。到底是格萨尔王妃,一个煨桑台就是一整座山,心中的震撼因而铺天盖地。便在那山壁上久久盘桓,无意登顶,只是流连。

就在这时,我看见了那只兔子,一只硕大无比的灰色野兔。一开始,我离它还有一点距离,用一支400的镜头刚刚够到,还不是很清晰。一连按下十几次快门之后,我试着走近了一些,发现它要逃离,便跟它说,你不必惊慌,我只是想给你拍张照片,不会伤害你的。一边说,一边往它跟前凑。说来也奇怪,它像是听懂了我的话,不再惊慌,也不再逃离。它一动不动地停在那个地方,摆好了姿势让我尽情地拍照,不时地还将两只长耳朵变换着样子,偶尔也会侧一下脸,闪一下眼睛。最后,我离它的距离最远也不会超过五米,即使用一只小变焦镜头也能拍得非常清晰。也许我还可以离得更近些,但是我没有那样做,拍完照片,我给它说了声谢谢,又看了一会儿,就离开了。我离开时,它还停在那里,像是还要让我拍下去的样子。

　　已经不记得,这是我第几次在这么近的地方看到一只野兔,但这是最后的一次。之前,我曾在老家山野看到过很多野兔,我把它们称之为老家的野兔。而这一只是属于远方的野兔,我在远方也看到过很多野兔。在老家看到过的野兔,都在我小时候的记忆里。虽然,它们依然清晰地留在记忆中,但回望那一片山野时,你才发现,自己已经有太久的时间没有在那山野间看到过任何一只兔子了,好像那是个非常遥远的岁月，好像也在一个遥远的地方。如此想来，所有我见到过的野兔都留在远方了。唯有记忆还在身边，离得很近，感觉一伸手就能摸到一只活蹦乱跳的兔子。

离开那个地方之后，我一直在想一个问题，难道它真听懂我说的话了吗？要不，它怎么会有那种举动？也许它所在的那个地方有它的窝，兔子窝大凡都在山坡草丛里，是一个洞穴。其洞穴一般会有两个甚至多个洞口，你看着它从这个洞口进去，如果在那里守洞待兔，都会落空，因为它还有别的出口。所谓狡兔三窟，所说的应该是这个意思。一只兔子并不是真有三个家，而是一个家有好几个门可以进出，这样看上去，它好像有好几个家一样。

我小时候在山上放过羊，记得山上有很多兔子，也有很多兔子窝。夏天日子漫长，羊散开了在山上吃草，一群孩子在山上闲着无事，便追兔子玩儿。有时候，我们会在几个洞穴口上点一把火，用烟熏兔子，只留一个洞口让兔子出来，并用一顶草帽什么的盖住那个洞口。大部分时间可能里面原本没有兔子,因为我们没有看到有兔子从里面出来过。偶尔一两次,兔子真从里面窜了出来,把一群孩子吓了一跳,于是,我们便倒在那山坡上哄堂大笑,直笑得肚子抽筋、眼泪飞溅才罢休。有一次,一只兔子提前窜了出来,我们还没有完全做好准备,结果,它顶着一顶破草帽滚下山坡。滚了好几下,草帽掉了,它才停住,爬起来,蹲在那里愣了一下——我猜它有点晕头转向——才调转头,向山顶跑去。因为后腿太长的缘故,遇到危险时往山顶方向跑是兔子遵循的求生准则,一只逃生的兔子永远不会往山下跑去。看着它向山顶而去,一群孩子没人去追兔子,而是又一次倒在山坡上哄笑,直笑得自己也从那山坡上滚了起来……我们从未逮住过一只兔子,但兔子却给我们带来了无穷的欢乐。从那以后,我再也没有那样快乐过,也没那样开怀大笑过。我们玩兔子,兔子也玩我们。

  小时候,我还养过一窝兔子。一开始养的是一公一母一对兔子,我特意为它们修建了一个小窝,小窝由一个很小的窑洞和一面同样很小的篱笆墙组成,篱笆墙上开了一道门，方便兔子进出，也方便我给它们喂食。后来两只兔子成了一窝，有时候窜出来，满院子都是兔子。它们会糟蹋院子里种的菜，这个时候父亲就不高兴，我得小心善后，以保全兔子。它们至少在我家生活了好几年，我知道有好几只兔子是从家里逃走了的，院墙根里有一个排水洞，它们经常从那里逃出去溜达。但是最后还剩好几只，我却记不清后来它们都去了哪里，结局如何。我只记得，每隔几天，它们都会在那口小窑洞里挖出一大堆土来，每次，我都得费不少工夫才能清理干净。

每次看到兔子的时候，它们都在不停地咀嚼什么东西，我还以为兔子跟牛是一类，也需要反刍。后来才知道那不是反刍，而是在磨牙，这是啮齿类动物每时每刻都必须要做的一件事——原来它们跟老鼠是一伙的。因为它们的门牙没有齿根，会终生生长，不如此，门齿会越长越长，最后会把自己的脑袋劈成两半。我想，啮齿类动物应该没有多少睡眠的时间，因为它们得不停地磨牙，一旦睡着了，一觉醒来，说不定两颗门牙已经长长了，把那小兔唇给顶开了，合不拢，就吃不了东西了。

家兔和野兔虽是同类，但习性却大不相同，家兔喜欢集群活动，而野兔却喜欢独处，它们独来独往，像一个剑客，或一个诗人，守着孤独，逍遥漂泊。我从未在野外看到有两只兔子在一起，每次看见，都是一只兔子孤零零地蹲在那里，或蹦蹦跳跳，就像我在巴颜喀拉那条山谷中看到的那样。那是我最后见到的一只野兔，那里是格萨尔和珠姆走过的地方，也是白兰古国的遗址。曾生活在那里的白兰国古羌人和藏族先民一定也是见过很多兔子的，因而那个时候的孩子们也一定是快乐的，因为他们可以在山坡上追兔子玩儿，也会听到很多有关兔子的故事。现在城里的孩子们都会唱一首童谣："小兔子乖乖，把门开开，快点开开，妈妈要回来。不开，不开，我不开，妈妈没回来……"可是，大部分孩子是从没见过兔子的，更没见过野兔，他们的记忆里定会因此而少了些什么的。那会是什么？我说不大清楚，也许就是快乐。

有人说白兰古国在今青海都兰县一带，但据李文实先生《白兰国址再考》一文的精确考证，白兰古国就在巴颜喀拉北麓今达日、玛沁、玛多三县之间，至今玛沁县境内还有一个地方叫党项。如是，我见到那只兔子的地方正好是白兰古国的腹地。藏族先民有没有养过兔子，我不曾考证过，但藏族先民一定是熟悉兔子生活习性的，一种模仿兔子奔跳动作的锅庄舞在藏区广为流传即是例证。而曾栖居于此的古羌人一定是养过兔子的，因为兔纹是西夏国出土陶器的一个明显标记。白兰古羌人是西夏国的创立者，史称党项人，为西羌一支。他们自巴颜喀拉北麓一路向东迁徙，至贺兰山麓盘踞，最终建国西夏，一度雄踞北中国大野。依照草原游牧部族的生活习性，我想，白兰人迁徙时应该也是赶着羊群的，说不定还带上了几只巴颜喀拉的兔子。我在巴颜喀拉北麓一山谷看到的那只兔子很像一件西夏陶器上的兔子形象，说不定它们原本就是一个家族的后裔，像西夏人是白兰羌人的后裔一样，西夏兔子是巴颜喀拉兔子的后裔。

我也听过国内外很多有关兔子的故事。国外最著名的当属《龟兔赛跑》的故事，汉语世界里，最广为人知的故事应该是《守株待兔》，还有月亮上那只玉兔的故事。而在藏语世界里，有关兔子的故事也很多，有小兔子的故事，还有兔子和熊的故事、兔子和狮子的故事、兔子和狼的故事、兔子和狐狸的故事、兔子和老虎的故事，等等。大凡都是小兔子如何以自己的机智和勇敢，戏弄并最终战胜那些猛兽的故事。这还是我听到过的，我不曾听到的一定还有不少，可谓浩浩荡荡，自成一个系列。但在这里，我要讲的是另一个故事，这个故事流传不是很广，却更加耐人寻味。

有一个人上山去砍柴，身上系着一条捆柴用的麻绳，但他没带斧头，他拿的是一把镰刀。他觉得镰刀拿在手里碍事，就用一只手握住镰刀把，将弯弯的镰刀片挂在自己脖颈上。因为天气好，心情也好，他一路走，一路哼着小曲。走到半山腰，突然见到一只兔子挡在了路上，正抬头看他。他一激动，大喊一声："兔子啊！"随之，手起刀落。兔子看到，那人割下了自己的头颅。兔子这才浩叹一声，转身离去。

在所有我听到过的故事中,这是最精悍力道的一个故事。所有听到这个故事的人都说,那个去砍柴的人在前世可能欠了这兔子一条命,那兔子到那个地方,是专门来找他索命的。于是,肃然,敬畏。之后每次见到一只兔子,我都会静静地立在那里,看会不会有什么事发生。等好一阵子,我才会迈动脚步,悄然离去。有时,走很远了,还感觉那只兔子一直蹲在那里,望着我的背影。这种感觉一直伴随着我的童年时光,可一直没有什么事发生。久而久之,也相信不会有什么事发生了,因为自己离兔子的世界越来越远。直到在巴颜喀拉的那条山谷遇见那只兔子后,我才意识到,你可能还会遇到兔子的,在某个意想不到的地方。它会意味着什么?也许只有兔子知道,但它不会告诉我。那是属于兔子的秘密。那么,下一次,我遇见的兔子会在什么地方呢?如果可能,我真想重温一下童年的往事。

草原在铁丝网一侧

这是一台实景演出的剧目。

虽是舞台剧,但考虑到主角均系未曾驯化的野畜之缘故,是即兴表演,因而这也是一台只能在旷野上演的大型剧目——它应该是一种全新的剧种,叫田野剧。舞台就是一片一望无际的草原,背景是地平线之上的巴颜喀拉和天空,唯一的舞台道具是两道望不到尽头的铁丝网——铁丝网架设在一根根一人高的水泥柱上。为本剧担纲主角的野畜分别是两头藏野驴、两只藏原羚(也叫黄羊)、一匹狼和三只狐狸。参与本场演出的其他演员包括一群人和十数群动物。依剧情发展的需要,他们会依次登场。

演出时间是 2016 年 10 月 13 日早晨。演出地点定在

戴胜鸟的困惑　曹生渊 / 摄

黄河源区玛多草原,这个地方现在的另一个名字是中国国家公园,准确地说,是正在体制试点中的中国国家公园的重要组成部分。另外,需要说明的一点是,因为这是一个真实的故事,整台演出与故事进展同步进行,没有预设的情节,也没有事先准备的剧本,所以,除了嘈杂的人声之外,整台演出没有任何对白——当然,这也是考虑到了对白翻译的难度——除非造物主自己也愿意加入演出,否则,那几乎是不可能做到的事情。故事开始的时候也是演出拉开序幕的时候,故事结束的时候也是剧终。还需要提醒并请你谅解的是,因为所有演员只有一次上场的机会,一经下场,无需候场,便会径自离去,故而也没有谢幕。等最后一位演员走出舞台之后,假如你也在场,也请自行离去——说实话,我们并不确定你是否会在场,所以我们的整台演出并没有设观众席,或者说,我们只有一位观众,那就是上帝,或者说造物主,它有自己的席位。

如果感兴趣,你可以留意我们的宣传海报,除了剧照,上面还印着这样一句话:我们拒绝一切的虚构和虚构的一切。剧照的主体部分是一头惊恐万状的狼,背景虚化后凸显出两头野驴和两只藏原羚的剪影。

考虑到动物肖像隐私权益,所有野畜之名都已隐去,或只提它们的动物学名称,比如狼,我们就只提狼,而不说明它是一匹来自北方的狼还是别的什么狼,也不用化名,除不知名者外,所有上场人类演员,都是真名,并已通过实名制认证。因为我的名字已经在前面出现过,所以,以下均以第一人称代词"我"代之。当然,对我,你也完全可以忽略不计,我的存在与否与整台演出没有任何必要的关系,说白了,我就像个可有可无的道具,即使我不存在,这场演出也会如期举行,顶多,正像你将要看到的那样,某些人声细节会略有改动,无伤大雅。

现在,请安静。尔后,等待。故事(或者演出)即将开始——

这天,我和沙日才先生在黄河源区玛多草原的田野调查仍将继续。今天我们要去的地方是莫格德洼、冬格措纳。之后,拐到花石峡,再从那里去果洛州府大武镇。莫格德洼在托素河源区，有人说那里是唐代古墓葬遗址，也有人说是古白兰国遗址。而冬日措那是一片湖泊，在藏语中的意思是一千座山峰簇拥着的黑色湖泊。所以，还没踏上旅途，对这段旅程已经满怀期待。在我，心早就去过，而脚步还不曾抵达的地方就是远方，莫格德洼和冬日措那就是这样的地方。无论是唐代吐蕃古墓群还是古白兰国遗址都令人神往，而随后我所看到的冬日措那应该是我所见过的世上最美的湖泊。这是这台田野剧目得以如期上演的由头。

和前一天一样，这一天，我们在玛多行走的向导依然是周保，县文化旅游局的一名干部，一个熟悉玛多并怀有幻想和探险精神的藏族小伙子，有他随行的旅途总有惊喜在不远处等你。前一天，他曾带我们找到过卓陵湖，那是黄河源区除扎陵、鄂陵之外的第三大湖泊，传说中它们是格萨尔王妃珠姆的父亲和她父亲的兄弟。这不，这天早晨，我们刚一出玛多县城，他就把车开下了柏油公路，拐上了一条沙土路，把我们带进了莫格滩。这是一片苍茫无际的大草原，而那条沙土路就从那草原穿越而过。沙土路两边还留有一片足够宽阔的空地，至少比那沙土路还要宽阔，应该是特意空出来给路作缓冲和陪衬的，它使这条粗糙简易的路面顿时显出些奢华来。而在那空地的一侧沿着沙土路面一路浩浩荡荡的就是两道铁丝网，铁丝网架设在一人高的水泥柱上，每隔十米左右立着一根水泥柱。一开始，并没注意，走进去之后才发现这条路不仅很长，而且笔直，这使那两道铁丝网显得无比壮观。

连偶尔开车从这里经过的周保也颇感意外，我听见，他自言自语道，这铁丝网是什么时候拉上的呢？去年还没有。末了，还歪过头来冲着我说，这铁丝网不好，玛多草原上经常发生有野生动物撞死在铁丝网上的事情，也有野驴撞死在水泥柱上。正说着，他低下头从挡风玻璃望了望，说："前面有两头野驴。"我和沙日才也赶紧伸长了脖子看。我们看到野驴的时候，野驴也看见了我们。那时，车速还很快，野驴开始奔跑起来。我让周保减速，缓慢行驶，让野驴在铁丝网中间找到一个门进去。这时，两只藏原羚也出现在前方不远处，它们不安地跳来跳去，这使它们屁股

原羚

上那一大片白毛在晨光中不停地抖动着。它们也撒腿奔向前方，可是对面也来了一辆车，野驴又掉转头朝我们奔来，两只藏原羚也是。我们停下车，熄了火，静静等待它们能找到一个门进去——我们看到，在两车之间也确实有一个铁大门可以进去。可是，它们看不到，气氛越发紧张起来。它们不停地在两道铁丝网和两辆车形成的狭长地带来回飞奔，不时撞在铁丝网上，那两只藏原羚还不断摔倒又爬起。这情景持续了十分钟左右。这时对面的车也停了下来，两辆车之间大约有300米的距离。对面车上还下来一个身着藏袍的女人，弯下腰，用两只手小心地驱赶那两只藏原羚。果洛藏族自治州文联主席沙日才先生也下车去做同样的事情。我们以为的善举善行，效果不佳，甚至更糟。

也许人类自以为是的一些善举，在野驴和藏原羚们的眼里可能完全不是这样，因为看它们的样子好像是越发惊慌了。或者，我们曾经太过残暴，即使从今而后我们不再残暴，我们在它们心里的形象也很难回到当初的模样。

它们先是沿着沙土路两侧的空地来回奔突，后又在两道铁丝网之间穿梭跳跃。有好几次,我看到一只藏原羚狠狠地撞在铁丝网上了。一头野驴有几次在铁丝网跟前突然收住脚步,向着铁丝网里面惊慌地望了一眼。我想,它试图想从那铁丝网上腾跃而过,可是,发现那铁丝网太高了,于是又回过头来,前后左右不停地的飞奔。如果那两道铁丝网之间的空间足够开阔,给野驴以足够的助跑余地,从这样一道铁丝网腾空而过对一头野驴来说并不是什么难事。可是,相对于它们的奔跑需要,这两道铁丝网离得太近了,根本跑不起来,它们正要奋蹄,腿脚还没有伸展开来,身子就已经贴到铁丝网上了……

  它们终于发现这是一次无望的突围,根本没有去路。有那么几秒钟的时间,我甚至感觉那两头野驴已经垂头丧气了。但是很快,它们重又振作起来。而那两只藏原羚一直在飞奔,有几次它们跑到我们眼前时,我看到它们喘气的样子像是垂死挣扎,鼻孔都已经红了。再这样持续下去,非倒地毙命不可。这过程大约持续了一刻钟,它太过漫长了。仿佛我们不是在忍受时间的煎熬,而是在感受生命先被碾压成时间的碎屑粉末,而后变成灾难的狰狞。而生命的挣扎还在持续。无望,无助,无奈,直至绝望。这时,一头野驴终于在那道漆着血红色油漆的铁门前停住了。接下来是片刻的停顿。它正在犹豫。是否要从这道铁门里进去,它拿不定主意。时间凝固了。最终,它一仰头,从那里进去了。感觉它不像是在逃命,而像是英勇就义,那是赴死的决绝。随后,另一头野驴可能接到了它同伴的呼唤,很快也穿过那道铁门向草原深处飞奔而去。

望着它们远去的背影,我很想对它们说,离开这道铁丝网之后,最好就待在某个地方,只要那里还有水草可以活命,就待在那里,再也不要靠近这道铁丝网。更不要继续往前奔跑,因为前方不远处一定还有一道铁丝网拦在那里——人类惯常的思维就是这样,他们架设一道道铁丝网就是要围住一片片草原。你要是不进入铁丝网里面很危险,但要是进去之后,四面都会是铁丝网。可是,这不是野驴们的思维方式,从一次灾难中逃生之后,它们一定会沿着逃生的方向一路向前飞奔而去,以为前方再也没有了铁丝

迁徙中的石羊群　卜建平/摄

网，也没有了灾难。

我们继续停在那里。因为那两只藏原羚还在挣扎着来回拼命奔跑。所有的挣扎和拼命，都是一种重复。一而再地重复着。像所有的死亡，没有新意。在这样拼命挣扎的间隙，它们可能进行过短暂的交流，因为，突然，它们像是商量好了似的，两只藏原羚从那狭长地带的中间分开来，各自向着相反的方向奔跑。这次它们没有回头，一直向前飞奔。一只藏原羚从我们车旁飞越而过。它与我们擦肩而过之后，依然没有放慢速度，不一会儿，就已消逝在视野之外了。可是，我们的视野之外还是视野，还有路，还有铁丝网，你又能去哪儿呢？

车又启动了，缓慢行驶。会车时，两辆车上的人都在相互注视。我们相互注视的目光里一定写满了理解之类的空洞之物。车速依然缓慢，因为两辆车的前方还有生灵。很快，顺着我们行进的方向奔跑的那只藏原羚又在前面出现了，我们只能慢慢跟在它的身后，直到它安全脱离危险。可是，前方再也看不到铁门。一道铁丝网上不可能有很多的门，要不，铁丝网就没必要存在了。可是，这道铁丝网太长了，总也走不到头。而那只藏原羚一直在我们的前方，我们必须非常缓慢才不至于让它太过害怕。

这时，左前方沿着铁丝网跑来一匹狼，一不小心它也走进了这条沙土路，尽管它已经看到前面有一辆车正向它开来，可是身后也来了一辆车，而且还是一辆卡车，声音更大，样子也更吓人。狼无疑是一头猛兽，可是看它的样子好像更加可怜。想必它也知道，人这种动物可能对一头野驴、一只黄羊什么的会心存怜惜之情，但是对它不会。所以，即使前面有万丈深渊，它也得硬着头皮勇往直前，因为，它别无选择。从踏上这段人类沙土路的那一刻开始，它就已经意识到无路可逃。一般而言，人对于狼的仇视与凶残远过于狼对于人的危害。在面对这匹狼的时候，我感觉到，我们的车速明显地加快了。好在手无寸铁，我们绝没有胆量赤手空拳地去挡住一匹狼的去路。尽管车在疾驰，但是狼依然从一旁向我们身后飞快跑远。在与之擦身错过的刹那，我留意到，这是一匹雄壮俊美的狼，具有王者风

盘羊

范,体魄健壮,毛色发亮发红,它从一旁一闪而过时就像一道闪电。那只藏原羚却在路的另一侧向着与狼相反的方向奔跑,因为有人和车的缘故,狼与藏原羚都无暇顾及对方,它们的注意力都在人的身上。

也许狼也看到了那只正在逃命的羚羊,可是一只羚羊的诱惑远远抵不上对死亡的恐惧。也许羚羊也看到了从斜对面飞奔而来的狼,但是它还在坚定地向前奔跑,因为对面只是一匹也在逃命的狼,而身后却是人,比狼更加可怕。也许在它心里,此刻,它们同病相怜,或者同仇敌忾。那时,我想过,如果没有人,而只有它们,在这铁丝网围堵着的有限空间狭路相逢,那么,结果又会怎样呢?左前方终于远远看到了一道山梁,心想,至少在那个地方会有个缺口。果然,铁丝网在山脚下断开,藏原羚爬向山坡。狼也已经跑远,朝着相反的方向,即使它还记得刚才的那只羚羊,它也断不敢回头。

可是,那铁丝网的一头还在不断伸向远方,不知何处才是尽头。那天早晨,我们几乎一直在两道铁丝网的夹击中不断向前挺进，不断深入草原腹地，好像我们不是行进在一条道路上，而是由两道铁丝网不断驱赶着我们。因为，一旦走进去，我们也没有别的去路，只能受制于那两道铁丝网，前途渺茫。突然我感觉，我们仿佛也是几头野兽，被那铁丝网所围困。那野驴、那藏原羚、那狼与我们都在同一条路上，像是殊途同归，更像是同归于尽的样子。

约下午两点，我们抵达高原小镇花石峡，停车歇息。就着羊肉在车上啃了点干粮，这是午饭。随后，周保离去。我们继续旷野跋涉，由西向东绕过阿尼玛卿雪山北坡，沙日才先生亲自驾车前往大武镇。约四个时辰之后，我们看到有一只狐狸横穿公路，走到路边时，它回过头来优雅地看了我们一眼，尔后，消失在河谷山坡上。这是当天我们看到的第三只狐狸，都是普通的狐狸，个头比猫大一点，比藏狐小，也没藏狐漂亮。从那个地方抬眼望去，大武已在眼前。

这一天，我们一直在路上。傍晚时分，经过一座雪山，夕阳刚刚坠落。坠落之后开始燃烧，光芒照亮了雪山，烧红了天空,却烧毁了天上的云彩,朵朵白云化为灰烬。于是,天空暗淡。我在渐渐暗下来的天空下回望来时的路,回望那两头野驴、那两只藏原羚、那一匹孤独的狼和那三只狐狸。如果回望继续,你将会看到很多的老鼠,它们在草原上到处飞窜。因为它们可以在铁丝网中间穿行自如,所以它们既在铁丝网这边,又在铁丝网那边,既是后台服务,也是群众演员。这一路上,我们还与一只野兔、两只黑颈鹤、若干鹰鹫、三五对黄鸭、一大群斑头鸥、五六群黄羊、七八群野驴和数群牛羊不期而遇。我们在一道铁丝网的这一侧,它们在铁丝网的另一侧。当然,对它们而言,它们在这一侧,我们在另一侧。唯一不曾变化的是,铁丝网无处不在,整个草原都在铁丝网的一侧,不在这一侧,就在另一侧。

夜幕降临。星光点亮。万物远去。

旷野回到寂静。造物主独坐一隅。

地球日的蛙鸣

4月22日夜里,我听到了今年的第一声蛙鸣。

其实,我所栖居的这个城市并没有很多青蛙。我在这里生活了整整26年时间,以前的多少个夜晚,从未听到过蛙鸣。我在这个高原城市听到蛙鸣是近两年才有的事情,这与我所居住的那个小区的环境有关,小区所有的楼间空地上,除了绿树花草,还有很多水景,有喷泉,有水池,有小瀑布,也有亭台水榭、小桥流水。如果整个小区是一个大世界,那么,那些小巧精致的水域就是一个水的小世界了。有了水,就有了水生物,当然也包括青蛙。

虽然,我知道,如果没有水的世界,青蛙们就不可能繁衍生息,但是,我还是不太清楚,那些青蛙是怎么来到

青蛙 古岳/摄

那个小区的，它们肯定是自己生长出来的，而不是人工繁殖的，那么，它们又是怎样生长出来的呢？从搬到那个小区，听到第一声蛙鸣的那一天起，我一直都在想这个问题，却百思不得其解。一个原本没有水的地方，人为地引来一点水流，造出一点水景，这是很容易做到的。别说是当下的时代，这样的事情在古代也能做到，古罗马时代就已经出现了城市供水系统、城市喷泉和水景，京杭大运河在隋代就已经贯通南北……但是，在一个原本没有青蛙的地方，怎样才能引来一群青蛙呢？这些事情在大自然面前，也许并没有我所想象的这样复杂，而是非常简单，你只需造就一片水域，青蛙自然会悄然出现。我或者人类的疑问恰好在这个"悄然"上，如果它不是悄然发生的，而是大张旗鼓地粉墨登场，我们自然也会看个真切明白。可如果真是那样，又岂不是毫无悬念、索然无味了。而假如大自然中的一切现象，真像人造的世界一样，都能看得一清二楚，没有丝毫奥妙和神秘可言，那整个世界不就太过肤浅和苍白了。那样我们还会有一个又一个的疑问吗？那样我们还会为一个又一个疑问而苦苦地上下求索吗？而如果整个世界没有任何疑问，那么，它一定会像一潭死水，陷入无法继续演进的状态。它停在那里，步入寂静，而后凝固。

突然，我想到这一天正好是个纪念日，第43个地球日。43年前的这一天，在地球那边的美国爆发了有2000万人参加的环保运动，它被视为人类现代环保运动的开端，直接促成了1972年联合国第一次人类环境大会的召开。至1990年的地球日，全世界已经有140多个国家的两亿多人参与了此项纪念活动。我想，在这一个地球日参与纪念活动的国家至少已经超过了150个，甚至更多，而参与活动的人数说不定早已超过了三亿或者四亿。这无疑是个庞大的人群，单从数量上看，这个群体足以影响整个世界。他们有着不同的国籍、不同的肤色、不同的语言、不同的文明和信仰，不同的价值趋向、是非判断和利益纠葛，但在这个特殊的日子里，他们却能摒弃所有的成见和隔膜，从地球的每一个角落走到一起，共同为地球祝福和祈祷。

可是，事情远没有我们所想象的那样简单，一般而言，自古以来,人群的多寡并不一定会影响到这个世界的基本走向。恰恰相反,有很多时候,世界整体演进的方向正好与绝大多数人朴素的理想背道而驰。这也就是为什么,世界日趋一体化的发展进程所呈现的不仅是越来越多元的冲突格局,而且还有日益加剧的城乡和贫富差距。表面上繁杂多元的世界形态骨子里却还是一高一低、一南一北、一东一西、一荣一衰的单向性二元结构。就拿蛙鸣来说,很多人记忆中的蛙鼓声声已经变成了遥远的回忆,以前蛙声一片的地方,现在的蛙鸣已经日渐稀疏。和蛙鸣一起销声匿迹的还有许多大自然的欢歌笑语,譬如鸟鸣蝉噪,譬如蝶影花香……大自然中许多美妙的声音,我们再也无从寻觅。世界的很多地方一片寂静,所有的喧嚣都在大自然之外径自弥漫,心灵在一派烦躁与不安中无处藏身。这是这个世界的一个病。

我所居住的这个小区有一个好听的名字,叫香格里拉。搬入这个小区之后,每一年春末夏初的晚上,我都会听到阵阵蛙鸣。一开始也并没有格外留意,但是,住的时间久了，那只在特定的时间出现的声音就成了一种记忆，一种印象。在每一个春夏交替的季节，心里好像总是期待着点什么，那感觉像是一棵树上新近才长出的嫩芽，先是点点绿意，而后是片片绿叶，而后是婆娑妖娆，浓荫欲滴。至于所期待的到底是什么，似乎也不甚明了，及至一声声蛙鸣开始此起彼伏时，才恍然大悟。是了，你所期待的正是蛙鸣。

以前的好几个春末和初夏，我并没在意，蛙鸣声响起的确切时间，仿佛就在你的期待日渐浓厚的某一天夜里，它便如期而至了。之后的每一天夜里，它都会准时响起，就像是潮起潮落。如果恰逢夜雨，那一晚青蛙的叫声尤其欢畅。我所栖居的这个城市原本少雨，春夏交替时节的雨水更是金贵得很，正所谓春雨贵如油。然而，今年的这个季节却有很多的雨，而且还不是细雨，而且多半都下在夜里，于是，这个季节青蛙的鸣叫声便分外稠密，差不多有一个多月的时间里，它们几乎都在彻夜鸣唱，那是真正的生命礼赞。而我之所以记住今年蛙鸣响起的确切日子，不仅因为那些夜雨,也不仅那一天是第四十三个地球日,而是因为小女在次日早晨的一句话。一大早醒来,她就叫喊:"爸爸,昨天晚上,我听到青蛙叫啦!"这是一个提醒,我再次重温一段记忆、一种声音、一个季节,一个日子就被这样铭记。

而一两天之后发生的一件小事,又加深了我的这段记忆。那天,小女从幼儿园回来,进家门时,哭哭啼啼的,小脸蛋上还有泪痕。我问她怎么啦,她说,她回来时在小区水池边看青蛙,她看到,有两个小朋友逮住了一只青蛙,正用一根木棍刺戳它的肚子。她过去劝阻,说那样青蛙会疼,求他们放过那只青蛙。不料,两个小朋友非但不听她的劝阻,还对她动粗……听着小女的哭诉,安慰她不要轻易掉眼泪时,自己心里却也落下一颗泪来。在平日里教孩子什么可以做、什么不能做、什么绝对不可以做时,我是否犯了一个很大的错误,把自己的是非标准过早地强加给了自己的孩子呢?

有一天,她从外面回来时,手里攥着一把绿草,一看就知道那是从草坪上拔的。我什么也没说，领着她下楼，走到院子里才问："你那些草是从哪里拿的？"她领着我走向一片草坪，在草坪前的路边上，有人已经拔了不少的绿草。我和她蹲在那里时，她好像已经意识到我要对她说什么了。还没等我开口，她就抢着说："这些草不是我拔的。"我说，我相信，但我要告诉你的是一些别的事情。我拿起几株青草，让她看青草被掐断的地方，问她，你看这个地方是不是有点不太一样，像是有什么东西流了出来，你看见了吗？她说，看见了。我说，这就是青草流的血。流血会怎么样呢？她回答："会疼。"爸爸就想让你记住这个。你能记住，是吗？她回答："是的，我能。"

还有一次，我领她到小区后面的山坡上看蚂蚁。沿着一条小山沟一路走去时，山路两旁有很多的蚂蚁，大大小小的蚂蚁窝一个挨着一个，几乎布满了整条山沟。虽然，平日里很少有人会注意那些幼小生命的存在，但那却是一个非常繁荣的世界，目前地球上已经发现的蚂蚁种类多达7600余种。我对小女说，那每一个蚂蚁窝就是一个蚂蚁的家族，就是一个大大小小的蚂蚁部落。蹲在蚂蚁窝边上，观察那些蚂蚁时，我给她指认，什么样的蚂蚁是雄蚁，什么样的蚂蚁是蚁后，哪些是干苦力活的工蚁，哪些是专门用来打仗的兵蚁，还有工雄蚁、工雌蚁或无翅雌蚁、大腹工雌蚁等等，并让她仔细观察蚂蚁窝边上那些圆圆的小土粒儿——那都是工蚁们从蚁穴中清理出来的建筑垃圾。我还让她记住一个叫刘易斯·托马斯的人的名字，因为，这个人对蚂蚁世界有过精彩的描述，他写道：蚂蚁的确太像人了，这真够让人为难。它们培养真菌，喂养蚜虫作家畜，把军队投入战争，动用化学喷剂来惊扰和迷惑敌人，捕捉奴隶……它们什么都干，就差看电视了。有时候，走着走着，她会不小心踩到蚂蚁窝，就提醒她，那样可能会踩伤蚂蚁或者踩坏蚂蚁窝。她走路时便非常小心了……

在看到她因为一只青蛙、一只蚂蚁而流眼泪时，我突然生出许多的担心来。她要面对的是周围所有的人群，如果她的是非标准与整个人群有出入甚至对立，那么后果不堪设想。可是，我们就该让自己的孩子从小就学会残暴的本领吗?就不该让他们懂得尊重别的生命吗?

多年前,我曾在一篇文字中读到过这样一则小故事,不记得作者是谁了,但这则小故事却依然鲜亮如初。故事发生在北欧某个家庭的花园里,一个来自中国的父亲正站在一旁,看两个孩子在花园里玩耍,一个是中国孩子,另一个就是那个家庭的小主人。那个中国孩子正在满园子追着那些小虫子什么的,逮着什么就弄死什么,而另一个孩子却追着这个中国孩子,不停地阻止他的行为。那位中国父亲直看得目瞪口呆,问另一位父亲,你们是怎么教育孩子的?另一位父亲也感到很惊讶,说这个不需要特别的教育,他一生下来,应该自然懂得这些道理。虽然,这只是一则两个孩子玩耍之间的小故事,但我却看得惊心动魄,灵魂出窍。它使我想起法兰西伟大的思想家琼·德·拉·布吕耶尔的一句话:如果人们不关心这些品格我感到惊讶,如果他们关心,我也会感到惊讶。

进入6月上旬的某一天,随着阴雨天气的结束,香格里拉的蛙鸣声也突然消失了。小区一下子就安静了下来,除了喷泉流水和几声鸟鸣之外,再无别的声音。我想,那些曾经彻夜欢唱的青蛙们一定还在那里,躲在阴凉潮湿的地方,等待着下一个雨夜的来临。在这样等待时,它们可能正在孕育更多的生命,说不定,就在我写下这些文字的当儿,它们已经产下了无数颗蛙卵。那每一个如珍珠般串缀膨胀的小气泡里就是一个个青蛙的幼体,在下一个雨夜来临之前,它们很可能就已经长成了一只青蛙。如果是那样,那么,当天空风起云涌,雨滴将要飘落而还没有落下来的时候,青蛙们肯定早已感觉到了,它们昂首向天,未雨绸缪,等待雨滴飘落。终于,淅淅沥沥或纷纷扬扬的雨如期而至。第一颗雨滴落到一只青蛙的背上,它一激灵,就"呱"地一声,喊出了满心的喜悦。蛙鸣再次响起,先是一两声蛙鸣从某一个角落里传来,而后又一两声蛙鸣从另一个方向唱和,之后,随着雨丝像一根根琴弦在天地之间弹奏出越来越细密的和声,一场气势磅礴的多声部蛙鸣交响大合唱开始了。而且,因为有很多新生力量的加入,为这台自然大合唱引入了一段天籁般的童声小合唱,使那个夜晚的蛙鸣更加精彩纷呈，高潮迭起。那是蛙类们的受洗之夜，也是它们的狂欢之夜，当然更是众多生命愉悦酣酊、激扬亢奋的不眠之夜。

我不知道，有过这样一段思虑之后，在下一个雨夜来临时，我会不会也和青蛙们一样彻夜难眠。我从不曾彻夜倾听蛙鸣或者大自然发出的其他声音，要是真有那样的一个夜晚，那一定是一种十分美妙的生命体验了。也许第二天的早上，小女一睁开眼睛又会叫喊："爸爸，昨天晚上，我又听到青蛙叫啦！"也许不会，她总是出其不意，你即使想象出一万种结果，她最终给出的答案也会超出你的想象。但是，假如我真的曾彻夜沉浸在青蛙的鸣唱中，并为之陶醉过，我一定会将自己的体验尽可能生动细致地讲给孩子们听。

我想，他们肯定喜欢听到那样的声音。

1. 倾听流水　嘉阳东云/摄
2. 斑鸠　古岳/摄
3. 藏鹀　嘉阳东云/摄

布谷声远野狐峡

听说尕玛羊曲要建一座水电站的消息之后,我一直想去看看野狐峡,担心大坝一旦落成,就看不到这条峡谷了。可行程一再被耽搁,直到有一天,又听到羊曲电站库区蓄水将淹没然果河谷的那片古柽柳,我才下决心向那黄河谷地疾奔而去。

然果在同德县境内的黄河上游谷地,河对岸就是兴海县的唐乃亥。出西宁,翻过日月山,过倒淌河、恰卜恰之后,往然果方向,有两条路可选。一条继续往西,然后向南绕道兴海县进入黄河谷地;另一条是直接向南,过贵南县和同德县,再进入黄河谷地。我选了后一条路,因为这条路经过尕玛羊曲,野狐峡就在那里。这样,我既可以看到那片古柽柳，也能看到这条峡谷了，可谓两全其美。走这条路还有一个理由，这是顺时针的方向，是藏民族转山转水转嘛呢时必须遵循的一个方向，那是心灵的朝向。

在到尕玛羊曲之前，我就对南科说，我想顺道去看看野狐峡，他回过头来看了我一眼，只说了一个字：好。南科出生于拉乙亥，离尕玛羊曲不远的黄河谷地，对这一带再熟悉不过了。此行，由他开车带路，一路走去，就像是回家——这的确是他回家的方向，虽然家已经不在原来的那个地方了，但是曾经的那个朝向还在。拉乙亥属龙羊峡电站水库淹没区，早在20世纪80年代初，他们的家与所有的拉乙亥村民一起从那里迁移到别的地方了。

快到尕玛羊曲时，河西岸有一条新修的路通往河谷，车向左一拐，驶向河谷。南科说，这条路通往野狐峡。下到半山坡，看见下面河湾的滩地上，有一片建筑群正在拔地而起，峡口并不见大坝的影子。便问南科，大坝不是建在峡口吗？他说，不是在野狐峡峡口，而是在我们右手方向，就在尕玛羊曲下面的石羊峡口。又问，那一片楼房是干什么用的？他说，是水电站的生活区。以前那里的村庄呢？已经迁走了，村里的土地都被征用了。

黄河在这里轻柔地拐了一个弯儿，留下一片开阔的河湾。因为有黄河天险，在过去的几千年里，河湾几乎与世隔绝，安静得就像一只睡着的鸟儿。

河西面山坡上的植被已经消失殆尽，又经雨水千万年的冲刷，露出赭红色山脊，而从山坡上冲刷下来的泥土，在河谷形成了一片冲积小平原。地处高原河谷，光热充足，又有大河滋养，土地肥沃，堪称宝地。于是，就有先民在这里沿河而居，就有了村落。我不曾考证这些村落的历史，但是，有考古发现证明，南科出生的那个叫拉乙亥的地方，却是黄河上游中石器时代重要的文化遗址，是青海境内首次发现的全新世早期的文化遗址，填补了中石器时代文化在青海地理分布上的空白。经碳14测定，其年代距今至少已有4800年之久。大量的出土文物表明，当时的拉乙亥已经有了采集农业。无法证实，后来黄河谷地里的这些原住民是否就是拉乙亥人的后裔，但有一点却是可以肯定的，很久以前，人类文明的火光就已经在这大河谷地里闪耀。

我们穿过那片舒缓开阔的河谷滩地，穿过那片工地，把车直接开到了峡口。在峡口停好车，我们便朝野狐峡狂奔而去。野狐峡，因河道狭窄，狐狸可一跃而过，得此名，据说是整个黄河干流上最狭窄的峡谷。快进入峡谷时，我们看到河岸的山梁上钻了很多探洞，南科猜测说，他们原来可能真想在这里建大坝，后来因为地质结构破碎而未能如愿，就将坝址上移。我就爬到那些探洞口细看，果然，洞口全是破碎的小石块，俯身往洞中看去，四壁也全是一样破碎的石块。野狐峡被完好无损地保留下来，可能还真是因为这些破碎的石头。从这里往下游不远还有一条险峻的峡谷，叫狐跳峡，名字的由来与野狐峡相仿。那里却已经建起一座水电站，狐跳峡恰好就在库区。从今往后，狐跳峡已无从寻觅。

好在，野狐峡还在。小心翼翼地爬过那半面山壁，进得峡口伫望时，感觉汗毛都竖了起来。峡谷两岸峭壁陡立，险峻无比。"上有六龙回日之高标,下有冲波逆折之回川。黄鹤之飞尚不得过,猿猱欲度愁攀援。"峡口的绝壁之上开凿有悬空的石头路,循着那路,战战兢兢地摸索着向前走了约一里地,那悬崖之路便到了尽头,一面峭壁挡在了前面,再也无法前行一步。侧身俯瞰,黄河就在身下湍急汹涌,像是被两岸壁立的山岩给挤压得喘不过气了。捡起一块石头扔将下去,只听得"扑通"一声,像是落在了井底,两岸似有沉闷的回声。间或有岩石台地,嶙峋怪石突兀其上,被黄河水打磨得油光铮亮,布满了深浅不一的凹坑,有的像碗像盏,有的如缸似坛,那都是黄河的杰作。所谓滴水石穿,要的是时光恒久的冲刷和打磨。想来,如果没有亿万年不间断的雕琢,即便是黄河之水也很难在坚硬的岩石上留下这等印记。站在那台地上抬头向天时,只见一线青天,几只鹰在那里凌空翱翔,而一群灰鸽子却在峡道里盘旋着,还有一群鸽子可能飞累了,就蹲在岩壁上咕咕地叫着,像是在跟我们这些不速之客打招呼。但是,没有看到布谷鸟,因为是夏天,曾在这里盘旋鸣叫的布谷鸟已经远去。

据说，一到春天，野狐峡及周边河谷地带到处都能听到布谷鸟的鸣叫声。与峡谷这边的开阔河湾一样，野狐峡那一头也有一片同样开阔的河湾，而且，两片河湾滩地都叫克秀，这边是上克秀，那边叫下克秀，均属贵南县辖区。与拉乙亥一样，下克秀也在龙羊峡大坝库区，早已被淹没。上克秀在羊曲河段，虽然，随着羊曲水电站的建设，村庄里的人也已被迁离，但是，上克秀并没有被淹没，上克秀在羊曲水电站的大坝之下，黄河还从克秀前原来的河道里流过。

克秀在藏语里是布谷鸟的意思，这两个小河湾便由此得名。两个河湾均呈月牙状，前面是黄河，而后面则是一道赭红色山崖，河流与山崖之间就是一片舒缓开阔的谷地。上下克秀一带曾是一些高僧闭关修行的地方，那赭红色山崖之上有很多洞穴，便是他们的闭关之所。据说，他们中的很多人都喜欢在春天来这里闭关，因为，这个季节有很多布谷鸟飞临这里，一天到晚，鸣叫不已。野狐峡的崖壁上也有很多岩洞，其中，有些岩洞人类活动的迹象明显，说不定也是隐居修行者的闭关之所。一条旷世大河，一段险峻无比的长峡，连接着两片新月状的河谷漫滩，共同成就了一个隐秘空灵的世界。在一派与世隔绝的宁静中，滔滔黄河与布谷鸟的唱和就成了空谷绝响。不时，还有叮铃铃的铜铃声和诵经的声音从那山崖上滑落，像天籁。山下散落着的几户人家，日夜飘送着炊烟。夜深人静时，天籁梵音落满庭院，敲击着窗棂，也敲打着人们的心扉。

　　随着时间的推移，来这里修行的人有增无减，离开和抵达从未间断过，克秀的美名也随之传遍天下。相传，一代宗师夏嘎巴也曾在这里闭关多年，那是200多年以前的事了。夏嘎巴生于1781年，俗名阿旺扎西，出生地在同仁县双朋西浪加村。在藏传佛教史上，夏嘎巴是一位传奇性的人物，人们常把他与米拉日巴相提并论。传说，夏嘎巴出生时不哭不闹，睁着眼睛望着众人。他们家有个亲戚是个占卜者，曾占卜预言说："将来，这个孩子如果在家，将成为一名百人难敌的英雄；如果出家为僧，会是一位能调伏八万四千烦恼的大成就者。"夏嘎巴16岁出家为僧，一生游历，潜心佛法，先后在青海湖海心山、阿尼玛卿和赛宗等圣地独自闭关修行，还曾在米拉日巴修行居住过的山洞修炼，获得证悟和功德，以苦修闻名，后被誉为"夏嘎巴"，意思是佛祖洞贤人。他60岁返回故里，致力于写作。有《夏嘎巴自传》《奇幻集》《道歌集》等十余部作品流传后世，后辑成《夏嘎巴全集》出版，深受国内外藏学界的重视。1851年圆寂后，被尊为夏嘎巴一世。

"我在闭关。有一天中午，天空晴朗，我走到山洞上面的山顶上，独自坐着。望向北方，我看到一朵洁白的云彩从一座山顶上飘过来……"这是夏嘎巴在他的一首道歌前写下的话语，我感觉他所写到的地方就是克秀，因为，他在这首思念上师的道歌中写到了"布谷鸟温柔鸣叫"，想来，他独坐山冈时，一定有布谷鸟的鸣叫环绕山野，而克秀就是这样一个地方。而且，恰好是春天，是百花盛开的季节。也许那个时候的克秀一带还有杜鹃花开放，雅号"百里香"的青海特有种大叶杜鹃在青海广为分布，从地域上看,克秀一带应该是其群落分布的核心地带。但是现在,克秀一带已经看不到杜鹃花了,春天,布谷鸟的鸣叫声也日渐稀落,日渐远去。藏地有一种说法,一年当中第一次听到布谷鸟叫时,一个人处于何种心境,是这一年顺逆苦乐的征兆。布谷鸟叫时,夏嘎巴在思念上师,这是否意味着思忆之绵长。所以,在这首道歌的结尾他才会这样唱道:"在那超越意念的宁静之境,我停留了很长一段时间。"

假如我是在春天去野狐峡的,假如现在春天的野狐峡里还有布谷鸟,那将会是一种什么样的情景呢?布谷鸟飞过峡谷,鸣叫声从峡谷里洒落,回声在两岸岩壁之间回荡,并在那些大河雕琢而成的岩石的器皿上久久鸣响,那将是一种怎样奇妙的绝响呢?假如在那样的时候,有一个僧人端坐于崖壁岩洞,摇响着铜铃,念诵一页经文,或者,闭目吟唱一首道歌,与布谷鸟、与大河长峡一起唱和,那又该幻化出一种怎样的意境呢?

布谷鸟,又名杜鹃,鸟纲,鹃形目,杜鹃科,杜鹃属

大杜鹃

的统称，栖息地多在热带和温带森林中。在鸟类的世界里，布谷鸟可谓臭名昭著，习性狡猾且懒惰，甚至不会自己筑巢孵卵，常常把蛋产在别的鸟窝里，等别的鸟孵出小布谷之后，又抢食其他小鸟的食物，甚至让同窝的鸟儿给它们喂食，那是真正的鸠占鹊巢。而在人类的世界里，布谷鸟却是一种吉祥物，尤其在中国，在藏地，它早已经流芳千古。其杜鹃之名源于古蜀国一个凄美的爱情故事，传说蜀王杜宇的宰相鳖灵，曾疏导三峡根治蜀中水患。杜宇遂将王位相让，并化作杜鹃，每到春天，啼鸣不止。由于不停地鸣叫，常常啼出血来，滴到地上化成了火红的杜鹃花。布谷鸟形体大小与鸽子相仿，上体暗灰色，腹部多横斑，脚有四趾，两趾向前，两趾向后。其飞行速度极快且悄无声息。芒种前后，几乎昼夜都能听到它的叫声，因而被视为春天的使者。

我去看野狐峡的时候，已经是夏天了，芒种早已过去，布谷鸟已经远去。可是，那天午后，穿过上克秀，走向野狐峡时，我却依然在凝神谛听，希望能听到布谷鸟的鸣叫。

当然，只是一种希望而已。我知道，这个季节不会有布谷鸟的鸣叫声。现在——说不定，即使在春天，这里也不会再有布谷鸟的叫声了，可能以后更不会有。那天午后，我甚至没有听到黄河流淌的声音，水电站工地上机器的轰鸣声淹没了一切。不久之后，又一座混凝土大坝将出现在这大河谷地里，一座座高压铁塔将会排着队从远方向这里挺进，一条条高压线将从这里向远方延伸。有很多次，我曾置身于一条高压线之下，当电流在头顶上经过时，直听得呲啦啦的爆裂声劈头盖脑，直刺脊骨，雨天更甚。一次在老家山路上遇到大雨，我就在一条高压线一侧，等雨停，就是不敢从底下过。还有一次是在大晴天，我们正好又在一条高压线之下，妻子抬手摸了一下女儿的小脸蛋，便惊叫道：她脸上有电。电流竟然能从空气中直泻而下通到人身上。试想，那些布谷鸟还能在这里到处飞翔着鸣叫吗？不会了。

　　那次黄河谷地之行，我主要是到那个叫然果的地方看那些古柽柳的。我去的时候，那些古树还在。迄今为止，这是世界上所发现的最高大的一片柽柳，有柽柳之王的美誉。我几乎给每一棵树都拍了一张照片，立此存照，算是一个念想。等有一天，当这些像精灵一样的树木都消失了之后，我还能想起它们曾经旺盛和繁茂的样子。其实，很多时候，在面对一片森林、一片湿地，甚至一片远古的文化遗迹时，即使我们能找到成千上万可以保全它们的理由，也未必能让它们继续存在下去，但是，只要有一个理由，就足以让它们不复存在。而且，在一条条大江大河的谷地，遭此厄运的又何止是一片古树呢？仔细想来，一条大河谷地里曾经存在过、生长过、鸣叫过、飞翔过，也繁衍生息过的很多东西都已经销声匿迹了。

然果离克秀不远，曾经在克秀飞翔和鸣叫过的那些布谷鸟一定也曾飞临然果，落在那片婀娜婆娑的柽柳的树枝上鸣叫过的。再过一年半载，那条河谷将被彻底淹没，那片古柽柳也将消失在一片水泊中。也许那之后的某一个春天，会有一群布谷鸟从克秀方向飞来，飞到这条河谷，并在那里仔细搜寻那片古柽柳，想栖身绿荫，可是它们再也找不到那片绿荫了。于是，它们悲鸣着飞远，从此再也不会光顾这条河谷，这条河谷里再也不会有布谷鸟的叫声了。

听说，这些年，不断有人从上下克秀那些崖壁上的洞穴中掘出不少经卷，到文物市场上贩卖。不知道，那些流落市井的经卷而今安在？那些在岩洞中存放了几百年甚至上千年的经卷中，究竟书写过怎样的隐秘岁月呢？其中是否也有夏嘎巴手写的道歌呢？我想，其中的某些文字一定写到了一种在藏语中叫克秀的鸟儿和它们鸣叫的声音。那么，也一定会有人读到过这些文字，那么，他有没有听到克秀温柔的鸣唱呢？如果听到了，从那温柔鸣唱的声音里，他有没有听出黄河峡谷春天的气息呢？那是一种只在春天的黄河峡谷里才会有的气息，那是生命的气息。因为那气息，祖先们才选择了大河谷地为他们最初的栖居之地，并生生不息。

小时候，每年春天，我都会如期听到布谷鸟的叫声。记得，它们的叫声会准时出现在村庄田野的上空。它们总是飞来飞去地忙个不停，从一棵树飞到另一棵树上，从一道田埂飞到另一道田埂，却很少在一个地方停留很长时间。那样飞来飞去时，它们的鸣叫声便一路洒落下来，落在新长出来的麦苗上，落在人们的心里。那时，我就知道，春天真的已经来了。而等春天过去时，那鸣叫声又总会戛然而止。因为不分昼夜地鸣叫，最后的那几天里，它们的声音都已经嘶哑了，感觉都快叫不出声的样子。后来读到有关杜鹃啼血的故事和诗句，我就相信那是真的。可是后来的某一个春天，布谷鸟从我们的身边飞走之后再也没有回来过。回想起来，我至少已经有十几年没有听到布谷鸟叫了，它们去了哪里？虽然，春天每年都会来，却已经听不到布谷鸟叫了，春天原本该有的很多声音，现在的人已经无缘听到了。而一个没有了布谷鸟叫声的春天还是春天吗？

屋后树上有鹊巢

城里住的小区,突然飞来了几只喜鹊,好些个早晨,坐在餐厅窗前喝奶茶时,窗外的树尖上总有一两只喜鹊在喳喳叫,稍远些的一棵柳树上还筑起了一个很大的鹊巢。每次听到喜鹊的鸣叫声或看到那个鹊巢,都会有一些往事浮上心头,而最终所有的怀念都会停在一个硕大的鹊巢上。仿佛它一直就挂在那里,在我记忆深处的某个地方,从未挪动过。

我老家宅院的房前屋后有好几个鹊巢,门前有两个,屋后也有两个,都在高大的白杨树头上。无论离开多久,离得有多远,每每回望故乡,它们总会浮现在眼前,像是儿时就已挂在树梢上的那一轮明月。

鹊巢 古岳/摄

记忆中的鹊巢是乡野的一大景致。从深秋到初春,如果你走过北方的旷野举目远眺,目光最终总会落在或远或近的几棵树上,那树上,多半会筑有鹊巢。要是在深秋,树上的叶子多半已经飘零;要是在初春,树上的绿叶还没有完全展开;而在寒冷的冬天,疏疏朗朗的只见树枝树杈,而看不到一片树叶。鹊巢便凸显出来,被那树枝树杈托举着,远远看过去,像一顶帽子挂在了树上。如果是在早晨和临近黄昏的时候,你正好迎着太阳望向那几棵树,阳光便会从那鹊巢的缝隙里一缕缕斜斜地穿射过来,把它给照亮了,明晃晃的,像一团燃烧的火。

有关喜鹊的记忆是我人生最柔软温暖的一个部分。"喜鹊喜鹊叫喳喳,阿舅来了烧奶茶。"这是我从小就听惯了的一首童谣,它说的是,如果听到喜鹊喳喳叫个不停,说明你舅舅快进家门了,得赶紧准备烧奶茶。从小,家中的老人就对孩子们传授说,如果一大早就听到喜鹊欢快的鸣叫声,要么是贵客将至,要么就是喜从天降,总之是家中要有喜事了。记忆中的很多个日子,我确实在一大早就听见了喜鹊连续不断的鸣叫声,于是留意这一天会有什么样的事发生,结果还真灵验,一个亲友的突然光临,一个令人高兴的消息,都在其列。一出门就见到喜鹊,那是出门见喜;一抬头就看到喜鹊,那叫抬头见喜。所以,在我心里,喜鹊就是专门给人间送喜报的鸟儿,是报喜鸟。这样一种鸟儿,在当地有很多传说流传下来,也不足为奇了。而且,我发现,有关喜鹊的所有传说虽然多半带有神秘色彩,但都透着喜气,纵贯古今。

喜鹊是一种常见鸟类,是世界上分布最广的鸟类之一,属雀形目鸦科长尾鸟类。黑嘴喜鹊最为常见,长约45厘米,黑白两色,尾有蓝绿色虹彩光泽。在我栖居生活的地方,喜鹊随处可见,记忆里到处都是它们飞来飞去和喳喳叫个不停的身影,因而它也成为我最熟悉的鸟类之一。虽然有好些年它们曾一度消失不见了,但是,过了几年,它们又都飞回来了。据说,它们的消失与过度施用农药有关,后来之所以重新出现在视野里,也是因为农药用量的控制和减少。在所有的鸟类中,除了百灵鸟,再没有一种鸟儿像喜鹊给我留下过那么深刻的印象。

我曾仔细观察过喜鹊,熟悉它的鸣叫声。喜鹊一般只会发出"喳——喳——喳喳——"的单音节或双音节的鸣叫声,一声、两声、三四声的鸣叫都很常见,偶尔也会发出一连串的鸣叫声,但是无论其鸣叫声多么密集,细听,都还是单双音节为主。声音清脆利落,前后音节之间从来没有滑音的过渡,也不喜欢卷舌音和儿化音的装饰。悠闲自在的时候,它一般不会发出鸣叫声,顶多也只是"喳——喳喳——"地叫上一两声,像是一个人吭了一声,清了清喉咙。而且,它鸣叫的时候,一般也都是在树枝上跳来跳去的时候。喜鹊是一种好动的鸟儿,很难看到一只喜鹊像一只鹰一样一直安静地待在一个地方。它总是不停地跳跃或飞来飞去,总也没有消停的时候。刚刚你才看到它进到鹊巢里了,以为它要休息一会儿,打个盹儿什么的,可是一低头间,它已经站在旁边的一根树枝上,正低下头来翘着尾巴看你,前后也只是几秒钟的样子。想来,只有在夜间它才会安静地待在鹊巢里,因为,我从未在夜里听到过喜鹊的鸣叫声——除了知更鸟和猫头鹰的叫声之外,在夜里,我没听到过别的鸟叫声。

喜鹊要是发出快速的一连串密集的鸣叫声,那一定与它正在看到或眼前正在发生的事情有关。因为它们总是跳来跳去地不安静,脑袋还不停地歪过来歪过去,眼睛也总是滴溜溜地转着,所以,也练就了眼观六路耳听八方的本领,任何动静都难以逃脱它们的法眼。有好几次,我看到有五六只喜鹊围着一棵树干首尾相接,上下转着圈,快速地飞翔着,鸣叫着,很惊恐的样子。在喜鹊的世界里,那一定是一个御敌的什么阵法,一个由喜鹊接续而成的圆圈,快速地飞舞着,旋转着,发出扑棱棱的声响。近前一看才知道,它们几个可能正聚在那树枝上闲聊,说话间,一只猫悄然爬上树来,想偷袭,被它们发现了,于是乎便大呼小叫起来。它们在说些什么,我听不明白,不过,我猜想,也不外乎是一些责骂的内容,说不定还很难听。因为,我看到那只猫正缩在那树干上,一脸丢人现眼的样子。虽然,我感觉它们有点虚张声势,却依然摆出一副不依不饶的架势,像是要一决高下。可没多久,那只老花猫还趴在那里,几只喜鹊却喳喳叫着飞走了。那只猫这才跳下树来,在草丛里伸了伸懒腰,显得很无聊。

小时候,我从很近的地方观察过不少鸟巢,长大后也看到过不少。记忆最深刻的要数百灵鸟的鸟巢了,在老家山坡的灌丛、草丛和庄稼地都看到过的,在草原上也看到过。它是用纤细洁净的草茎编制而成的,呈圆形,整洁精致,像草编的一个小碗。我还注意到,所有的鸟儿对鸟巢附近的任何动静都保持着高度的警觉,即使从离鸟巢很远的地方,它们也随时密切注视着那个地方。很多次,我从一片灌丛或草地穿过时,忽听得一片嘈杂的鸟叫声由远而近,冲我而来。说明我已走到一个鸟巢跟前了,说不定正站在鸟巢边上,一只脚已经危及它的安全。此时,如果你有兴致俯下身去寻找察看,那个鸟巢可能就在你脚边。它非常隐蔽,甚至鸟巢周边的青草比旁边任何一个地方都要茂盛,你得拨开那一片青草才能看到鸟巢。绿草掩映处,它安静地敞开着,里面通常都会有几枚发绿的鸟蛋。

唯有鹊巢不是这样。喜鹊不仅把自己的窝建在高大树木的树头上，而且还会选最显眼的地方，好像它这样做就是为了引人注目。有点张扬，有点高高在上的意思，甚至有点目空一切的样子，气度非凡。据《不列颠百科全书》记载："其巢大而圆，用泥黏合细枝而成。"遗憾的是，在整个世界鸟类学领域对鸟巢的研究显得最薄弱，远不及昆虫学，比如对蚁穴和蜂巢的描述已经非常精细。假如有一天，人们对鸟巢的认识能达到蚁穴和蜂巢的那种精细程度，我们也许会发现鹊巢更多的秘密。有几年初夏，青海大雪，很多大树被压断，我老家宅院周围的一些树枝也全压折了，可喜鹊窝所在的那几棵树却安然无恙。想必，喜鹊早就知道有一天大雪要来，而且还知道哪一些树枝会被压折，所以，它提前做好了防范的准备。有几次狂风大作，一些粗壮的树枝被齐刷刷刮断，我担心那鹊巢会不会也要被吹落下来，可是没有。它们只是随着树木在狂风中剧烈地摇晃，并没有丝毫要坠落的迹象，甚至搭建鹊巢的每一根细树枝都没有丝毫松动。我猜想，鹊巢应该是鸟类建筑学的一个奇迹，其中的很多奥秘我们并不完全知晓。

　　与大多鸟儿三五天便能筑成一个鸟巢的速成方式不同，喜鹊筑巢时舍得花时间和精力。甚至一个鹊巢搭建完成之后过了很久，你还会看到喜鹊不时地衔着一根小木棍儿向鹊巢飞去的情景，那一定是它还在对鹊巢不断地完善和改进了。大多鸟儿得一年筑一个巢，尤其是那些候鸟——它们是鸟类王国的游牧民族，一直在迁徙漂泊的路上，所以对鸟巢的建造上不会太费工夫。对它们而言，再好的鸟巢也只是一个驿站，如果还有别的意义，也就是在那里寻找配偶，完成繁衍子嗣的任务。也许正是因为考虑到了这一点，所有鸟类都不会独自建造鸟巢。筑巢之前，它们会先找到配偶，尔后，雄鸟会去找建筑材料，雌鸟则肩负施工建造之重任。而喜鹊很可能一生只筑一个巢，对它来说，这是个大工程，必须精益求精。

　　我老家有一种说法，喜鹊筑巢的选址也是非常讲究的，鹊巢所在地一定是风水宝地。以前，人们选宅基地时都会留意那附近是否筑有鹊巢，如果恰好有喜鹊正在那里筑新巢，那更是好得不得了。选好了宅基地，先要夯土圈围墙，动土前，要确定院门的位置，其朝向最好与喜鹊进出鹊巢的方向一致，是为大吉。正式盖房之前，细心的老人们还会仔细留意树上筑巢喜鹊的动向，如果能正好赶在喜鹊上梁的日子也给自家的新屋上梁，那就是再吉利不过的事了。由此我断定，一只鸟儿对自然界奥秘的认识和把握至少在某些方面会在人类之上。筑巢时，喜鹊会从不同的地方选择不同用途的小树枝，而后用嘴衔着飞到筑巢的树杈上，大多是纤细短小的树枝，其间，它一定会仔细寻找一根相对挺直粗壮的树枝来做鹊巢的大梁。老人们说，喜鹊很看重这根栋梁之材的挑选，它会反复斟酌，再三挑拣，最终选定之后，无论路途有多远，运送有多么艰难，付出多大代价，它都会在选定的日子将它搬过来。

　　我的祖先们在选宅基地时是否也留意观察过喜鹊的动向，无从得知。不过，当年，我的先人们肯定没有看到过今天我所看到的这几个鹊巢。白杨树生长速度快，即使在我青海老家的山坡上，三四十年也足可以长成参天大树，宅院周围这些白杨的树龄顶多也是这个数。而我的族人迁徙到这里的时间已经有180年上下了，也就是说，我们家最早的宅基地已经在这片土地上经历了180年的风雨。180年前的白杨树早已化为尘土，尘归尘，土归土。180年前的喜鹊也一定早已转入新的轮回，即使它们再生为喜鹊，也不是以前的那一只喜鹊了。不能确定的是，180年前，这个地方是否也有白杨树。即便是有，我也无法想象它们成长过的样子，更无法确定那些白杨树的某一个树杈上是否筑有鹊巢。有，还是没有？有一个，还是好几个？要是只有一个，它会在哪一棵树上？要是有好几个，它又会在哪几棵树上？每次望向门前屋后的那几个鹊巢时，我都喜欢想这样的问题。

也许这样的一种追忆和怀念毫无意义，可是什么才是有意义的呢？我以为，这与我们生命的历史有关。进而，我还想，我们生命的历史与那些曾经的喜鹊和布谷鸟说不定也有关联。因为，门前屋后的树上有好几个喜鹊窝，一年之中，总有一些日子，我都会与它们朝夕相处。便觉得，这也是一种缘分。在大千世界的茫茫人海中,一个人与另一个人的相聚是缘,而作为苍生万物之一,能与一只喜鹊、一只布谷鸟在一片天空、一棵树下相遇也是缘,这种缘分甚至比人与人之间的缘分更加珍贵。自从父亲母亲相继离开人世之后,平日里,我老家的宅院就一直那么空着,连曾经养在家里的那些狗啊猫啊的也都让妹妹们领养了,我也是偶尔才能回去住几天。回去时,院门是锁着的,门前会落满了尘土和树叶,院子里也一样。如果是天黑了才进家门,以前都亮着灯盏,现在一片漆黑。从巷道里走过时,运气不好的话,连个人影都见不着。那样,可能得等到第二天早上或晌午的时候,邻里的族人才会发现我回来了。而那些鸟儿却总会在第一时间看到你,因为它们一直在那个地方,没有离开过,像是一直在等你回来。第二天清晨,当你醒来,一睁开眼睛的时候,你总会听到它们清脆无比的鸣叫声——其实,你就是被它们的叫声叫醒的。这样的早晨,喜鹊总是叫得最欢快了。

在我老家,西房一般都是让家中老人住的,父亲母亲走后，我依然将它空着，感觉他们好像随时都会回来。自打家中有了西房，我一直住的是北房。西房和北房都不是原来的房子，是重新盖的，西房盖得晚，北房要早一些。北房外面院墙根里便是一排高大的白杨树，其中的一棵树上就有一个喜鹊窝，正好在我睡觉的屋顶上。要是我在屋里，无论是醒着还是睡着了，只要喜鹊在头顶上一叫，我都能听得真切，几乎每天早晨，我都是在它们的鸣叫声里睁开眼睛。当那"喳——喳喳——喳——喳喳——"的鸣叫声从你头顶一片片洒落下来的时候，你甚至感觉，那鸣叫声是专为你洒落的。继而，不由得感念，感恩。因为在每一个清晨都能听到喜鹊的鸣叫声是一件多么美妙的事情，那是真正的天籁。

北房除了椽子，几条大梁和檩子也都是白杨木，易遭虫蛀，自打父母走后，好像更厉害了。有好几次，我都想把北房拆了重新盖，把那些杨木都换了，再稍稍盖得宽敞一点。可是，那样得把后面的大墙也拆了，往外移，而大墙根里就是那一排白杨树，一棵树上还有喜鹊窝。白杨树

鹊巢　古岳/摄

不是问题，砍掉容易，再种几棵更不是难事，过不了几年，它们又会长大。而那喜鹊窝的确是个问题，要是换成鸽子窝什么的，给它挪个地方即可，以鸽子的天性，它不会计较这些，但是，喜鹊在乎，非常在乎。喜鹊对鹊巢周边环境极为挑剔，不容许有任何形式的侵扰。一旦它发现周边环境有变，对它的安全构成威胁，它会即刻将鹊巢搬走，不会留下一点痕迹，更别说是要给它挪窝了。据说，喜鹊搬家也是一件非常庄重神圣的事情，甚至你很难发现它会在什么时候搬家，也不知道它已迁往何处。等有一天你突然发现某一个鹊巢已经不在原来的那棵树上了，那说明喜鹊早已飞离，离你而去。这时，人们才会想起来问自己，它为什么会搬走呢？而最终都会从自己身上找到喜鹊为什么会离开的一个确切理由。他要么是砍了筑有鹊巢的那棵树的一根树枝，要么是在那棵树底下增添了别的什么障碍物，有可能还不小心碰到了鹊巢的什么地方——哪怕只是轻轻触碰了一下，喜鹊也是会觉察到的。一想到这些，我不得不把翻修北房的事一再搁置下来。可能最终我还是会把北房拆了，重新盖几间新房，但是，在没有想到一个万全之策以确保喜鹊不会搬家之前，我是不会做出这个决定的。我希望，偶尔回老家住的时候，每天清晨一醒来，仍能听到喜鹊的鸣叫声从屋顶的树上洒落下来。

1. 狼 班玛三智/摄
2. 猞猁 图登华旦/摄
3. 班玛仁拓的雪豹 嘉阳东云/摄

1. 巴颜喀拉野兔　古岳/摄
2. 交流　曹生渊/摄
3. 分享　曹生渊/摄
4. 岩羊　曹生渊/摄

为生灵万物探寻伟大准则的慈悲行者
——世界著名野生动物学家乔治·夏勒访谈录

"在人与动物、花朵等自然创造的事物之间的关系中,存在一种伟大的准则,至今罕有人知,但终会人所共知。"这是世界著名野生动物学家乔治·夏勒博士在他《与兽同在——一位博物学家的野外考察手记》一书的卷首引用的一段话,这段话是维克多·雨果的名言。在阅读乔治·夏勒的作品和与他本人的交谈中,我都深深地感觉到,他毕生苦苦探寻的就是这种生灵万物之间存在着的"伟大准则"。

他在这本书的《前言:奇迹的回忆》中写道:"我最大的乐趣是,静静地观察,甚至仅仅是调查动物的踪迹、觅食地点,以及它经过后留下的其他东西,记录它的日常生活。我喜欢写下自己在探索中的所见所闻,揭示其他物种的精妙之处,为它们立传。当然,我无从进入一只水豚的思想和欲望,但我至少可记录它生活的丰富性,为我有条不紊的科学研究添加直觉与感情色彩。"在此《前言》的结尾他还写道:"倡导自然保护必须从感情而非仅仅从理智出发。""保护的理由很多,其中非常重要的一条是,它们都如此美丽。"

他可能是 20 世纪以来世界上最伟大的野生动物学家。

乔治·夏勒(George Beals Schaller)1933 年 5 月 26 日生于德国柏林,十几岁时随家移居美国。1955 年获阿拉斯加大学生物学学士学位,1962 年获威斯康星大学博士学位。大多文字中是这样介绍夏勒的:他是一位美国动物学家、博物学家、自然保护主义者和作家,长期致力于野生动物的保护和研究,在北美洲、非洲、亚洲、南美洲、北极圈都曾广泛深入地开展过野生动物及生物学考察和研究，足迹遍及世界各地。曾被美国《时代周刊》评为世界上三位最杰出的野生动物研究学者之一，现任野生动物保护学会副主席。他给我的名片上印着："乔治·夏勒博士，PANTHERA基金会副主席，国际野生生物保护学会资深保护专家，北京大学自然保护与社会发展研究中心兼职教授"等字样。就我的了解和认识，他可能是20世纪以来世界上最伟大的野生动物学家，也是第一个受委托在中国为世界自然基金会（WWF）开展工作的西方科学家。

他的卓越贡献在于，他让全世界都意识到了保护野生生物的极端重要性，让今天的人类认识到野生生物的保护已经到了刻不容缓的地步。如果再不加以妥善保护，我们的子孙后代就只能在已灭绝生物名录里去查找它们的名字并想象它们的模样。而所有这一切都具有永久的启示意义。

早在20世纪90年代初，我在西宁就听青海省林业局的专家讲过他的故事，说他曾用了差不多两年的时间在青藏高原调查雪豹，可是，最终他连个雪豹的粪便都没有找到。据此，他断言，整个青藏高原的雪豹数量可能只有200只左右。初听到这个消息时，我惊诧莫名。在随后的多年间，我曾不止一次地引用过这个结论。而且，我也一直在关注夏勒的动向，并不断听到他在青藏高原腹地长期行走、考察和研究野生动物的消息。有很多消息来自曾与他谋面甚至一起工作过的朋友，因而对这些朋友肃然起敬。但是，我却一直没有找到一个可以与夏勒谋面的机缘。2013年夏日的一天，有朋友打电话说，晚上要与夏勒共进晚餐，让我也去见见这位名震世界的科学家。而我恰巧不在西宁，再次与他失之交臂，深感遗憾。

直到2014年6月中旬的一个晚上，我才有缘得见此君的真颜。记得，此前不久，著名诗人吉狄马加先生刚刚发表了他的长诗《我，雪豹》——这是我所读到的最优秀的诗篇之一，整个中国当代文学史上也属罕见，堪称当代世界诗坛最伟大的诗篇之一。因为，马加先生也出席了当晚的活动，因为，这首长诗还有一个副标题——献给乔治·夏勒，还因为，夏勒在从大洋彼岸飞抵西宁之前就已经读到了《我，雪豹》的英译本诗稿，于是，那天晚上的聚会便有了一个主题：雪豹和诗歌。有了这样一个共同的话题，当晚的聚会上一直充满了欢声笑语。当然，绝大部分人与夏勒的交流需要借助翻译，不过，这丝毫没有影响到交流，在座的每一位都很开心。谈到高兴处时，夏勒偶尔也会蹦出一半句汉语来。给我印象最深的是他自始至终流露出来的亲切、和蔼和慈祥。作为一位誉满全球的科学家，他丝毫没有显露出想象中应该有的那种傲慢，他甚至不介意随意的玩笑和闲谈。席间，我曾跟他开玩笑说："您看上去就像一只雪豹。"当翻译把我的话告诉他之后，他先是大笑，而后叹道："只可惜，我没有一条长长的尾巴。"

此后，他去了天峻，到祁连山麓寻找棕熊和其他野生动物的踪迹。半个月之后，7月4日下午，我们再次见面，这一次是我对他的专访。

我见到他的时候，他刚从天峻草原回来，第二天还要去玉树。他已经是一位81岁高龄的老人。我不忍心占用他更多的时间，所以，我们的谈话只用了不到两个小时的时间。

如果说，他这一辈子只干了一件事，这件事就是野生动物的保护和研究，仅在中国开展此项工作的时间就超过了30年。每次出去搞田野调查，少则个把月，多则一年半载，而且，所去的地方大都在人迹罕至的那些山地荒野和丛林，他把那些地方称之为"荒野碎片。"他写道："我们都在为实现个人的价值而努力，我现在渴望一种超越科学的理想：帮助那些荒野碎片永存。"对这样一个世界科学界传奇性人物的一生来说，要用两个小时的时间对他有所了解和认识几乎是不可能的事情。

所以，在访谈结束以后，我又找来了我所能找到的他的两部作品和其他相关的著作进行深入研读，这些作品包括他本人所写的《与兽同在——一位博物学家的野外考察手记》（乔治·夏勒 著 焦小菊 译）和《西藏的生灵》，还有他的朋友、同样大名鼎鼎的彼得·马修森的《雪豹》。还通过互联网搜索和浏览了有关他的大量报道。这才对他的生平事迹有了一个大概的了解。我想要说的是，这篇访谈文章中所涉及的内容不全是我们交谈时所了解到的，有些是从包括阅读在内的其他途径得来的。尽管事先没有征得他的同意,但我相信,他不会特别在意的。稿件写成之后,原本还想听听他的意见,可他远在巴西高原,只好作罢。

从 1984 年,他第一次来青海调查雪豹。之后,到底来过多少次青海,他记不清了。

访谈的地点定在三江源基金会的一间会客室里。下午三点,他和他的同事准时出现在门口。我把他们带到会客室里坐定之后,短暂的访谈就开始了。他的同事、北京大学博士生刘铭玉先生为我们当翻译。我简单地说明了自己的意图,希望能与他有一次愉快的交流。他笑了笑说,他很乐意。

我说,我知道,他的足迹几乎遍及全球,但我重点要请他讲述的是他在青藏高原上的故事。接过话头,他说道:"两年前,我在美国出版了一本新书《野性的西藏》,这本书的中文版很快就出来了,三联书店正在做这件事。里面讲到了从20世纪90年代中后期到最近几年我在青藏高原上做野生动物研究的事情。"他建议我看看这本书——后来，我查寻过这本书，直到写这篇访谈文章之前，市场上还没见到这本书，但我依然满怀期待。

我说："前些日子，我们已经见过面了，知道您去了天峻。去天峻干什么？什么时候回来的？"

夏勒："刚回来。这次去天峻，主要是到托勒南山和疏勒南山一带调查雪豹的分布情况。明天去玉树，也是去调查雪豹和棕熊。"

我问："据我所知，早在20世纪80年代您就已经到过青海，您是怎么来青海的？"

夏勒："1984年，我第一次来青海。当时，我正在四川卧龙做大熊猫的调查和研究，受国家林业局的委托，我到青藏高原对雪豹做一个调查。那次，我到过玉树的治多和杂多等地。从那之后，来的次数就很多了。"

我就早年听到的那件事求证与他："我听说，您那次在青藏高原用了差不多两年时间调查雪豹，结果连个雪豹的粪便都没有见到。据此，您估计，整个青藏高原的雪豹不超过200只。是这样吗？"

他惊讶地看着我说："不是。我还是找到了很多雪豹生存的踪迹，其中就包括大量的粪便。有田野调查的笔记为证，当然，还有大量的图片……至于当时的青藏高原上到底有多少雪豹，谁也说不清楚——这是一个谜。有关雪豹，所有的数字都是估计的，我估计，当时的青海大约有650只雪豹。"

这次访谈之后，我在读他的作品时，确实读到过很多描述野生动物踪迹的细节文字，尤其是雪豹的脚印和粪便。我惊讶地发现，他不仅是一位伟大的自然科学家，而且还是一位杰出的生态作家，一个在他这个领域无与伦比的写作者，并因此获得过美国国家图书奖。在读彼得·马修森的《雪豹》时，我的这一判断得到了进一步的证实。后者曾与夏勒一同去寻访过雪豹，他们朝圣般走向兴都库什山，走向喜马拉雅山麓，并在那里仔细探寻。在不少文字中，马修森都生动地描述了每当夏勒发现雪豹的足迹和粪便时的惊喜。每发现一堆粪便，夏勒总是像发现了珍宝一样小心翼翼地将它们装进自己的行囊，以备回去之后做进一步的分析研究。

马修森在《雪豹》一书中这样写道："夏勒在湖泊上方的高处等我，手不知指着路面的什么。我跟上去，凝视着那些粪便和足印良久。四周都是悬岩，只长了薄薄一层发育不良的柏树和蔷薇。夏勒呢喃道：'它也许就在附近，正看着我们，我们却永远看不到它。'他捡起豹子粪，我们继续前进。到了高山转角，狂风阵阵刮来，夏勒的高度计指着一万三千三百尺。"

随后，他又写道："夏勒搜寻多年，只见过两只成年的雪豹和一只幼豹。第一次见到雪豹是 1970 年在巴基斯坦的奇特尔高尔；今年（当为 1973 年——笔者注）春天在同一个地区用活山羊作饵等了一整个月，才拍下雪豹的照片，这是全世界头一遭。"当然，那之后，夏勒已经很多次见过雪豹了。

我问："你是否记得，这是您第几次来青海了？"

他又笑了笑,先用双手捂着脸想了想,而后,"噢"地惊叫了一声说:"从1984年开始,我每年至少都来一两次,多的时候有好几次。到底有多少次,我真的没数过,也记不清了。不过,我记得,每次来,我都会呆很长时间。一般都会待一两个月时间,甚至待更长的时间。我出过一本画册叫《西藏的隐秘岁月》,记录的就是这一段生命之旅。还有,后来出版的《西藏生灵》讲的也是这一段时间的事情——这本书在中国有中文版。"

实际上,没有人知道雪豹到底有多少。一直以来,野生动物的数量都是估计的。

我问:"近30年间,您不停地走向青藏高原调查研究野生动物,在您看来,青藏高原野生动物整体的生存状态是个什么样子?对此,您会做怎样的评价?"

夏勒:"总体上讲,因为整个的生态环境都在不断遭到破坏,野生动物数量整体上也呈下降趋势。现在的人口是（20世纪）50年代的三倍，每个人都在消耗自然资源，而且，一个现在的人比一个（20世纪）50年代的人所消耗的资源要多得多。这也是事实。就在今天上午，我们跟青海省林业厅的人一起开会讨论的就是这个问题。我们一直在商量能否找到一条可行的路子，在人与自然、生态环境与野生动物之间找到一种平衡的关系。很显然，这是一个需要全社会关心的问题，包括你所从事的新闻工作，希望我们的新闻媒体多关注生态环境和野生动物，多写写它们。从这个意义上讲，吉狄马加先生近期发表的长诗《我，雪豹》可以说是一个积极的贡献。我读过这首诗，非常喜欢，也非常感动——因为，这首诗是题献给我的。"

我问："您在青藏高原的工作具体做些什么？"

夏勒："科学研究。我不断跑到山里搜集野生动物的各种信息，还跟政府的官员和山里的当地居民一起讨论怎样做才是最佳的选择。因为，要保护好野生动物，首先要做的是科学研究。解决怎样保护的问题，需要很好的科学研究。好的科学研究可以为政府制定保护政策和措施提供科学依据。当然,保护也需要相互学习和交流,尤其是不同地区、不同国家之间的相互学习、借鉴和交流。今年,我们去非洲肯尼亚时,就带了一些"山水"(指北京大学山水自然保护中心——笔者注)的人去那里学习,青海也有人去。下一步,我们还要让肯尼亚的人来学习这里的经验。"

据我的了解,目前全世界至少有5个野生动物保护区是因为夏勒的努力奔走而建立的,其中包括受石油开采威胁的阿拉斯加的北极自然保护区,此外,肯尼亚的马赛马拉和坦桑尼亚的塞伦盖蒂保护区,中国的卧龙大熊猫自然保护区、羌塘和阿尔金山(藏羚羊)保护区等世界著名的自然保护区也深受他的影响。

我问:"雪豹的栖息地是否也已经受到人类的严重侵扰,甚至已经遭到严重破坏?"

夏勒:"这是个大问题。一两句话很难说清楚。幸运的是,青藏高原地域非常广阔,而人口又相对较少,这给野生动物的生存提供了有利条件。"

我问:"据说,近几年您在青藏高原尤其是在青海有许多新的发现,比如,雪豹种群数量的上升。那么,根据您的发现,雪豹目前的种群数量大概有多少?具体到青海境内又有多少?"

夏勒:"实际上,没有人知道雪豹到底有多少。精确的数量永远无法计算出来。不过,从近几年的很多发现为我们提供了很多有关野生动物生存状态的信息。很多时候——实际上,一直以来,野生动物的数量都是估计的。我们估计,(20世纪)80年代中期,青海境内大约有650只雪豹,现在青海境内估计有1000多只雪豹。"

我问:"那么,整个青藏高原呢?别的地方还有雪豹吗?"

夏勒笑了一下说:"整个青藏高原和周边地区的雪豹有人猜测是3000只左右,有人猜是7000只左右,到底是多少,谁也说不准。不过,有一点是肯定的,那就是中国境内的雪豹栖息地面积要占整个雪豹栖息地面积的60%以上,是最多的。2008年,在北京开过一次世界雪豹大

1/2
1. 藏狐　卜建平/摄
2. 草原狼　图登华旦/摄

雪地里的羊群　古岳/摄

会。那个时候,有关雪豹栖息地的分布情况仍然不是很清楚,现在也不完全清楚。我们只知道,哪些山系有雪豹分布,但仍然不是很详细,很具体。"

夏勒说,雪豹在3公里以外就可能发现我们,而我们即使离得很近也难得一见。这就是我们为什么很难掌握准确数据的原因。夏勒在他的著作中,不止一次地写到过这样的情景:他正在一处山岩上攀援,一抬头,突然发现,一头雪豹就静静地安卧在几米远的地方——而如果你不仔细观察,不熟悉它的生活习性,即使离得这么近,你也未必能发现它的存在,因为,它跟它身边的那些花白色岩石几乎一模一样,你很难分辨哪是石头哪是雪豹。他在书中写道:"我对喜马拉雅山的强烈向往吸引我前去,到了那里,我才把研究雪豹当做目标。"

如果上帝允许,我自己并不介意在青藏高原再工作二十年或三十年。

我说："中国政府和青海省政府已经采取了很多措施保护生态环境，包括设立三江源这样的自然保护区等，您认为，这些保护区是否起到了很好的保护作用？"

夏勒："拿雪豹来说，作为国家一级保护动物，枪支的收缴起到了积极的作用。从保护的效果看，真正起作用的是法律的保护。至于保护区与保护区以外区域有什么样的区别，至少目前我们还不能得出一个结论说，因为一个地方设立了一个保护区，就能看出这个区域野生动物的生存状态就明显比其他区域好。这很难比较。野生动物的保护是一个大的系统工程。某一个物种的生存或保护并不是孤立的，它与其他很多物种的生存和保护息息相关。比如雪豹，它的生存状况与鼠兔、岩羊、旱獭等物种的生存状况有关。"

他提醒道："在动物保护方面，要时刻警惕——藏羚羊是个例子。在此前直到上世纪末，估计有35万只藏羚羊被猎杀，就因为藏羚羊绒毛很值钱。青海的雪豹，总体的情况还是良好的。如果有一天，雪豹的皮毛也像藏羚羊绒一样成为一种时尚的牺牲品，就会很危险。这一点必须引起高度警惕。我们一定要团结起来加以保护。"

我说："自从藏羚羊绒制品被国际保护公约禁止流通销售之后，藏羚羊的情况应该好多了。"

夏勒："是好一些了。但是，我在印度、阿拉伯地区都发现有人还在贩卖藏羚羊绒制品。在迪拜，一些绒毛制品店里总是挂着很多绒毛编制的商品，你如果用手去摸那些商品并露出不太满意的神情，店主会立即说，这里还有更好的东西，说着就躬下身去从柜台底下摸出一件东西来，那就是藏羚羊绒制品……关键是保持警惕。任何东西，一旦被买卖，就会有危险。就像青藏高原的藏羚羊和冬虫夏草。"

我问："除了雪豹，你还研究过很多青藏高原的野生动物，比如野牦牛、棕熊、藏野驴、盘羊等等，对这些物种的生存状态您怎么看？"

夏勒："野牦牛主要分布在中国、印度和青藏高原周边地区，估计有2万到2.5万头。现在有一个问题从长远看也很危险。一些地方,比如西藏就鼓励家养牦牛和野牦牛杂交。这就是一个非常危险的事。杂交会使野生品种受到污染。这是自然界的悲剧。长此以往,后果不堪设想。棕熊的数量也不是很清楚。我们在玉树对棕熊做过跟踪研究,它们为什么要跟人冲突?为什么破坏人的房子?而这些可能对人有危险。人与兽的冲突能否缓解,是能否保护好一个物种的根本问题。我们曾给三头棕熊戴过颈圈,进行跟踪。结果发现,一头公熊一年的活动范围超过了6000平方公里,一头小熊的活动范围也超过了5000平方公里。我们一直想找到它们为什么与人冲突的原因,比如为什么扒房子——这可能有两个原因,一个是人都没有枪了,一个是现在草原上有房子可以扒了。也有人说,它们原本就是这样,它们的本意未必是想跟人冲突,而只是顽皮而已。可我们还不能确定其真正的原因。而野驴的数量真的比较多,管理又成了一个问题。驴草矛盾真的存在。这些都需要谨慎认真地研究。我认为,政策不能一刀切,要持续地制定和调整政策,以适应这种变化。不同区域的情况是不一样的。我在阿里看到一群野驴有800头的画面……保护还是个很复杂的事情。"

我说:"您已经是一位81岁高龄的老人了。据我所知,近些年您把大量的时间和精力都投入到青藏高原上了,我想知道,您还想用多长时间来继续在青藏高原野生动物的研究?作为一项研究计划,它是否有一个日程安排?或者说,您打算什么时候结束您的这项研究?"

夏勒:"我喜欢山,喜欢野生动物,喜欢中国。如果上帝允许,我自己倒并不介意在青藏高原再工作二十年或三十年。"听他这么说,我们都大笑起来,他自己也笑了,笑得很开心。

我说:"最后一个问题,您对这里的每一个人有什么样的建议和意见?"

夏勒:"每个人都应该以某种方式——自己的方式来保护大自然。其实,可以让身边的每一件事都成为保护大自然的行动。"他端起茶几上的茶杯喝了一口茶继续说:"比如说喝茶,比如我们要喝一杯热茶,先得有一杯水——水就是大自然的馈赠，水要加热就需要能源，还要加入茶叶，那也都是大自然的馈赠。这里的一举一动都与大自然紧密联系在一起。"

采访结束时，我向夏勒先生表示，能不能在晚上一起吃个便饭，好继续我们的谈话。他说，因为旅途劳顿，有点困，他要回去歇一会儿，晚上要找个酒吧看巴西世界杯德国队和法国队的比赛。他出生在德国，这是他喜欢的一场比赛。我知道，那场比赛开始的时候，北京时间已经是次日凌晨一点四十分了，比赛结束时天都快亮了。第二天，他还要去玉树。一个年过八旬的老人，在青藏高原长途跋涉的间隙还要在凌晨找一家酒吧看世界杯，你能想象这是一个有着怎样充沛精力的老人吗？

子曰："智者乐水，仁者乐山；智者动，仁者静；智者乐，仁者寿。"

他在《与兽同在——一位博物学家的野外考察手记》一书中这样写道："尽管我始终如一地强调自然历史，但我的工作已发生了微妙的变化。我不再花数年时间研究一个物种，而是寻找那些忽视自然保护的国家，希望为那里的保护工作带来重大改变。最近我正致力于伊朗、塔吉克斯坦和阿富汗的保护工作。我的使命也扩大到生态系统保护，包括关注影响生态系统的人类文化。"

在这本书中有一段话是这样写的，现摘抄如下，为这篇访谈结尾："每次看到关在笼子里的雪豹，我都会暂时忘记那些铁栏，想起我们曾在大雪纷飞的荒凉山坡上见面。希望其他人也能获得这种个人记忆中的美景，直到永远。"

ISBN 978-7-225-05413-1

定价：32.00元